U0048598

朵貝·楊笙經典童話 2

MOOMIN

姆米一家與魔法帽

Trolkarlens hatt

朵貝·楊笙 | Tove Jansson
劉復苓 譯

目次

登場人物介紹

姆米托魯 Moomintroll

姆米故事的主角，對任何事物都充滿好奇心。姆米托魯喜歡在大海游泳、蒐集貝殼，以及和朋友到未知的地方探險。

姆米媽媽 Moominmamma

溫柔又慈祥的母親，是姆米一家的中心。對於所有造訪姆米家的客人都溫暖的迎接他們。

姆米爸爸 Moominpappa

姆米家的父親，喜好哲學思想。雖然嚮往著獨自流浪，但是對姆米爸爸而言，保護家人是他最重大的責任。

司那夫金 Snufkin

居無定所、到處流浪的旅行家。司那夫金不喜歡太多行李，也避免自己擁有太多東西。

史尼夫 Sniff

姆米托魯的好朋友，個性膽小但是崇尚冒險，喜歡擁有各種美麗的寶物。

莫蘭 The Groke

冰冷又灰暗，看起來就像是一團冰塊。莫蘭喜歡靠近溫暖的火把，並一屁股坐上去。凡是她坐過的地方，花草都會枯萎，只留下一片冰霜。

托夫斯藍和碧芙斯藍 Thingumy and Bob

兩個說著外國語的神祕訪客，提著一個巨大的黑色行李箱，相當害怕莫蘭找到他們。

溜溜之島
NW
NO
W
Õ
SW
S
SO
寂寞山
小山丘
沙灘
紫丁香叢
柴房
茉莉花叢
菸草田
姆米家
一樓
陽台
客廳
麝香鼠的房間
亨姆廉的房間
托夫斯藍和碧芙斯藍的房間
廚房
浴室
儲藏室
二樓
姆米媽媽的房間
姆米爸爸的房間
雜物間
史尼夫的房間
司那夫金和姆米托魯的房間
司諾克的房間
客房
姆米谷地圖
Tove

前言

某個灰暗的早晨，姆米谷降下了第一場雪。這場雪柔軟又寂靜，幾個小時後，大地一片雪白。

姆米托魯站在門前，看著山谷舒適的覆蓋在冬毯之下。「今天晚上，」他心想：「我們要開始漫長的冬眠了。」（姆米一家大約從十一月開始冬眠，如果你不喜歡冷冽冗長的黑暗寒冬，這倒是個不錯的辦法。）姆米托魯關上門，悄悄的走到姆米媽媽身邊，說道：「下雪了！」

「我知道，」姆米媽媽說：「我已經鋪好大家的床，還準備了最暖和的毯子。你和史尼夫一起睡在屋簷下的小房間。」

「可是史尼夫打呼好大聲喔，」姆米托魯說：「我不能和司那夫金一起睡嗎？」

「親愛的，隨便你吧！」姆米媽媽說：「史尼夫可以睡在面向東方的房間。」

於是，姆米一家、他們的朋友，以及所有認識的人，全都懷著盛大慶祝的心情，準備過冬。姆米媽媽在陽台鋪好餐桌，不過他們的晚餐只有松針。畢竟若想睡上一整個冬天，肚子一定要裝滿松針。在這頓恐怕不怎麼美味的晚餐結束後，大家比平常更鄭重的互道晚安，姆米媽媽還命令他們把牙齒刷乾淨。姆米爸爸一一巡視各個房間，仔細關好門窗，還把蚊帳掛在水晶燈上，以防止灰塵。

接著，每個人爬上自己的床，舒舒服服的躺好，把毯子拉到耳朵上，心裡想著美好的事情。然而，姆米托魯卻輕輕嘆了一口氣：「恐怕我們會浪費掉好多時間。」

「別擔心，」司那夫金回答：「我們可以趁機做個好夢，等我們醒來，就是春天了。」

「嗯……嗯。」姆米托魯睏倦的咕噥著，他已經優游在朦朧的夢鄉當中了。

外面的雪繼續下著，它們綿密又柔軟，覆蓋在階梯上，堆疊到屋頂和屋簷。再過不久，姆米家就會變成一顆大雪球。時鐘的指針一一停止——冬天來了。

第一章

姆米托魯、司那夫金和史尼夫發現霍伯魔王的帽子，五朵小雲突然出現，亨姆廉也找到了新嗜好

初春的凌晨四點，第一隻布穀鳥來到了姆米谷。牠棲息在姆米家藍色的屋頂上，嗚叫了八聲，聲音還很沙啞，畢竟，春天才剛降臨啊。

之後，牠就往東飛走了。

姆米托魯睜開眼睛，躺在床上，盯著天花板，過了一段時間才想起自己身在何處。他睡了一百個白天和夜晚，腦中的夢境依舊清晰，害他好想再去睡個回籠覺。

當他扭動身體，想換個姿勢再睡時，眼前的景象讓他瞬間清醒：司那夫金的床是空的！

姆米托魯坐了起來。沒錯，司那夫金的帽子也不見了。「我的老天爺啊！」他趕緊踮著腳尖走到敞開的窗戶邊。啊哈！司那夫金順著繩梯爬下去了。姆米托魯也翻越窗台，用他的兩隻短腿小心往下爬。濕地上還可以清楚看見司那夫金的腳印，一下往這裡，一下往那裡，很難追蹤，最後還往前遠遠跳了一大步，再度相互交錯。「他一定很開心，」姆米托魯斷定：「才會在這裡翻了個筋斗，肯定沒錯。」

姆米托魯突然抬起臉聆聽，遠處傳來司那夫金吹奏他那首最快樂的歌曲：〈所有的小動物都應該在尾巴上繫著蝴蝶結〉。姆米托魯朝著音樂聲跑去。

姆米托魯在河畔找到了司那夫金，他正坐在橋上，雙腳在水面上搖晃著，帽子拉得低低的，蓋住了耳朵。

「早啊。」姆米托魯打完招呼，便往他旁邊坐下。

「早。」司那夫金說完，又繼續演奏。

太陽高高升起，陽光直直射入他們的眼睛，害他們睜不開。兩人就這樣在河水上方盪著雙腳，無比的快樂自在。

他們在這條河上遭遇過許多奇怪的冒險，還帶了不少新朋友回家。姆米托魯的爸爸媽媽總是用同一種方式，默默的歡迎他們所有的朋友：加一張床，在餐桌上多添一副碗筷。因為這個緣故，姆米家已經十分擁擠了。在這裡，每個人都做自己喜歡的事，很少會為明天擔心。即使經常會有出乎意料的麻煩事發生，但這樣一來，大家就沒有時間感到無聊，也算是件好事。

司那夫金吹完春天之歌的最後一句，便將口琴收進口袋裡，問道：「史尼夫醒了嗎？」

「應該還沒，」姆米托魯回答：「他總是比別人多睡一個禮拜。」

「那麼我們得叫醒他，」司那夫金跳下橋說：「今天會是個好天氣，我們要做點特別的事情！」

於是，姆米托魯站在史尼夫的窗戶下方，發出他們的暗號聲。他先吹三聲正常的口哨，接著用手圈住嘴巴吹出一個長聲，意思是：「有事情發生了，我們在找你！」他們聽到史尼夫停止了打呼，可是上面還是沒有動靜。

「再吹一次。」司那夫金說。他們又發出更響亮的口哨聲。

窗戶「砰」的一聲打開。

「我在睡覺。」有個憤怒的聲音叫道。

「下來吧，別生氣了！」司那夫金說：「我們要做一件很特別的事情。」

史尼夫整理了一下睡覺時壓扁的耳朵，爬下繩梯。在這裡我也許應該說明清楚，姆米家所有的窗戶都有繩梯，因為走樓梯太花時間了。

這天絕對會是個好天氣。睡得迷迷糊糊的小動物紛紛從漫長的冬眠甦醒，正忙著熟悉以前的地盤、晒晒衣服、梳理鬍鬚，還要整理房子準備迎接春天。還有不少動物著手建造新家，恐怕也難以避免一些爭吵。畢竟睡了那麼久，總是會有些起床氣。

盤據樹幹的精靈們坐在那裡梳著長長的頭髮，樹幹的北邊，小老鼠正在雪花中挖掘地道。

「春天快樂！」一隻年邁的蚯蚓說：「冬天過得還好嗎？」

「非常好，謝謝你，先生，」姆米托魯說：「你睡得好嗎？」

「很好，」蚯蚓說：「代我問候你的父母。」

三人繼續往前走，途中不時停下來和許多人聊天。不過越往山頂走，遇到的人就越少，到最後，他們只看到一、兩隻老鼠媽媽四處嗅聞，忙著春季大掃除。

到處都濕答答的。

「噁！好髒，」在融雪中小心行走的姆米托魯說：「那麼多雪對姆米不好，媽媽說的。」一說完，他便打了個噴嚏。

「聽著，姆米托魯，」司那夫金說：「我有個點子。我們爬上山頂堆石頭，表示我們是第一個征服它的人，怎麼樣？」

「好啊！我們出發吧！」史尼夫說完，便率先向前跑去。

他們登上山巔，三月的微風在他們身邊追逐嬉戲，腳下是一片藍色的遠方風景。西邊是海洋；東側是環繞寂寞山的河流；北面的大森林延展成一片綠毯；往南則可以看到姆米家的煙囪冒出炊煙，姆米媽媽正在準備早餐。史尼夫完全無視這些風景，他在山頂找到了一個東西：一頂黑色大禮帽。

「有人搶先一步來過了！」史尼夫說。

姆米托魯拿起帽子，仔細端詳。「好特別的帽子！」他說：「也許適合你戴喔，司那夫金。」

「不，不，」司那夫金說，他一向喜愛他破舊的綠色帽子，「它太新了。」

「也許爸爸會喜歡。」姆米托魯若有所思的說。

「這個嘛，總之我們先帶它回去吧。」史尼夫說：「我想回家吃早餐了，你們不想嗎？」

「我也想吃。」司那夫金說。

這就是他們找到霍伯魔王的帽子，並且帶回家的經過。只不過他們沒想到，這頂帽子將會對整座姆米谷施展法術，奇怪的事情陸續發生……

姆米托魯、司那夫金和史尼夫來到陽台上的時候，其他人都已經享用過早餐，各自離開了。只剩姆米爸爸一人在看報紙。

「太好了！你們也都醒來了，」他說：「今天的報紙沒什麼新聞。有條小溪沖垮水壩，淹沒許多螞蟻，幸好他們都得救了。第一隻布穀鳥早上四點飛抵姆米谷，之後又朝東飛走了。」（這是吉兆，但如果布穀鳥往西飛會更好……）

「看看我們找到什麼，」姆米托魯打斷他的話，驕傲的說：「一頂給爸爸的新帽子！」

姆米爸爸將報紙放在一旁，非常仔細的檢視那頂帽子，還站在長鏡前試戴看看。可惜帽子對他來說太大了，事實上幾乎蓋到眼睛，看起來很古怪。

「媽媽，」姆米托魯喊著：「妳看看爸爸。」

姆米媽媽打開廚房門，驚訝的望著他。

「好看嗎？」姆米爸爸問。

「還不錯，」姆米媽媽說：「嗯，你戴起來很帥氣，只是稍嫌太大了。」

「這樣有沒有比較好？」姆米爸爸往後推了推帽子。

「嗯，」姆米媽媽說：「也很瀟灑，不過，我還是認為你不戴帽子比較有威嚴。」

姆米爸爸從正面、後面和兩側照著鏡子，嘆了一口氣，便把帽子放在桌上。

「妳說得沒錯，」他說：「有些人不戴帽子比較好看。」

「當然，親愛的，」姆米媽媽和善的說：「孩子們，把蛋吃完吧。你們整個冬天只靠針葉維生，需要好好吃一頓。」她說完便再度消失在廚房裡。

「可是，我們該如何處理這頂帽子呢？」史尼夫問：「它是高級品耶。」

「拿來當作垃圾桶吧，」姆米爸爸說完，就上樓寫回憶錄去了，他正寫到關於他風風雨雨的年輕時代，是很厚重的一本著作。

司那夫金將帽子放在餐桌和廚房門中間的地上。「你們又有新家具了。」他咧嘴一笑說。司那夫金從來就不懂為什麼人們喜歡擁有東西。他一直很滿意身上那套從出生時就穿著的衣服（沒人知道司那夫金什麼時候、在哪裡出生），他唯一沒有送人的隨身物品就是他的口琴。

「如果你們已經吃完早餐，我們可以去看看司諾克兄妹在做什麼。」姆米托魯說。他走進花園前，將蛋殼丟進新的垃圾桶裡。他偶爾會當一名有教養的姆米。

餐廳裡一個人也沒有。

在餐桌和廚房門的角落，霍伯魔王的帽子裝著蛋殼，倒放在地上。此時，奇怪的事發生了，蛋殼開始出現變化。

事情是這樣的，只要把東西放在霍伯魔王的帽子裡，時間久了，它就會變成完全不一樣的東西。其他人事先絕對無法知道會變成什麼。幸好，這頂帽子不合姆米爸爸的尺寸，因為小精靈守護者知道帽子戴太久會發生什麼事。姆米爸爸只是有點頭痛，不過晚餐後就好了。

這時，蛋殼變得柔軟又溫暖，顏色還是白的。不一會兒的時間，它便塞滿帽子，接著分裂成五朵小雲，從帽緣飄出去，飛過陽台，輕輕落到階梯上，就這樣懸浮在半空中。帽子裡則空無一物。

「我的老天爺啊！」姆米托魯說。

「房子失火了嗎？」司諾克小姐慌張的問。

雲朵飄浮在他們面前，沒有移動，也沒有改變形狀，彷彿在等待著什麼。司諾克小姐小心翼翼的伸出手，輕輕拍著離她最近的一朵雲。「它摸起來像棉絮。」她驚訝的說。其他人也走過來，伸手摸摸看。

「就像是小枕頭。」史尼夫說。

司那夫金輕輕推了推其中一個雲朵，它飄動了一下，又再度停止。

「它們是誰的東西啊？」史尼夫問：「怎麼會在陽台上？」

姆米托魯搖搖頭。「這是我遇過最古怪的事情，」他說：「也許我們該進去叫媽媽出來。」

「不，不，」司諾克小姐說：「我們來試著乘坐看看。」她將其中一朵雲拉到地上，用手整平。「好柔軟！」司諾克小姐說完便坐了上去。她一邊上下晃動，一邊大笑出聲。

「能不能也給我一朵？」史尼夫尖聲說完，便跳上另一朵雲。「唷呵！」他才發出「唷呵」的「唷」一聲，雲朵就立刻升起，在地面上形成優雅的小曲線。

「天啊！」史尼夫大喊：「它動了！」

接著，所有人都跳上雲朵，大叫著：「唷！唷，唷呵！」雲朵劇烈的彈來彈去，司諾克好不容易才發現該如何駕馭它們。只要一隻腳稍微踩一下，就能令雲朵轉彎；兩隻腳用力踩，則可以讓雲朵向前；如果輕輕晃動，雲朵就會慢下速度來。

他們玩得樂不可支，甚至還飛上了樹梢和姆米家的屋頂。

姆米托魯騎在雲上，飄到姆米爸爸的窗外大叫：「咕咕、喔喔喔！」他實在玩得太開心了，想不出什麼更高明的話。

姆米爸爸放下寫作的筆，急忙跑到窗邊。

「好傢伙！」他大叫：「你居然那麼大膽！」

「爸爸可以把這件事寫進書裡啊！」姆米托魯說完，騎著雲朵飛到廚房窗戶呼喚姆米媽媽，這時姆米媽媽正忙著將肉餅丟下油鍋。「親愛的，你又找到什麼好玩的事了？」她說：「小心點，別摔下來了！」

花園裡，司諾克小姐和司那夫金發現了新遊戲。他們駕著雲朵全速對撞，柔軟的撞成一團後，先掉下來的人就輸了。

「等著瞧！」司那夫金喊完，便駕著他的雲朵往前衝，可是司諾克小姐敏捷的往旁邊一閃，並從下方攻擊他。

司那夫金的雲朵翻覆了，害他的頭撞上花床，帽子蓋住眼睛。

「第三回合！」充當裁判的史尼夫金尖叫著，他飛在比其他人高一點的地方，「二比一！預備，開始！」

「我們一起飛行，怎麼樣？」姆米托魯問司諾克小姐。

「好啊！」她回答完，便操縱雲朵到他旁邊，「我們要去哪裡？」

「我們去拜訪亨姆廉，給他一個驚喜。」姆米托魯建議。

他們在花園飛了一圈，但那些亨姆廉經常逗留的地方，都沒有他的影子。

「他不可能走得太遠，」司諾克小姐說：「上次我看到他的時候，他還在整理郵票。」

「不過那已經是六個月以前的事情了。」姆米托魯說。

「噢，說的也是，」她贊同道：「後來我們就冬眠了，對吧？」

「對了，妳睡得好嗎？」姆米托魯問。

司諾克小姐優雅的飛越樹梢，想了一下，最後才回答：「我做了一個可怕的噩夢：有個戴著黑色大禮帽、一臉凶惡的男人對我咧嘴一笑。」

「真有趣，」姆米托魯說：「我也做了一樣的夢。他是不是戴著白色手套？」

司諾克小姐點點頭，兩人緩慢的飛越森林，思索了許久。突然間，亨姆廉出現在他們眼前，他背著雙手，低頭漫步。姆米托魯和司諾克小姐分別在他的左右兩側完美的三點降落，並開心的叫道：「早安！」

「唉唷！噢！」亨姆廉倒抽一口氣，「嚇了我一跳！你們不該像這樣突然出現。」

「噢，對不起。」司諾克小姐說：「你看我們坐在什麼上頭！」

「真是了不起。」亨姆廉說：「不過，這種事我見多了，沒什麼會再讓我吃驚。再說了，我現在心情很差。」

「怎麼了嗎？」司諾克小姐同情的問：「明明天氣這麼好！」

「反正你們也不會懂。」亨姆廉搖

著頭說。

「我們會盡量搞懂啊，」姆米托魯說：「你又弄丟了哪張稀有的郵票嗎？」

「正好相反，」亨姆廉沮喪的回答：「所有的郵票都在，一張都不缺。我蒐集的郵票非常完整，沒有缺少任何一張。」

「這不是很好嗎？」司諾克小姐用鼓勵的口氣說。

「我說了你們也不會懂的。」亨姆廉抱怨道。

姆米托魯焦急的看著司諾克小姐，他們乘著雲朵稍稍退後些，為悲傷的亨姆廉讓出一點空間。他繼續踱步，而他們則恭敬的待在一旁，等待他吐露心事。

最後，他終於開口了：「多麼令人絕望啊！」他停頓了一下，才又說道：「這些東西還有什麼用呢？你們大可拿走我全部的郵票去玩追逐遊戲。」

「那太可怕了！」司諾克小姐嚇壞了，「你的郵票冊是全世界最棒的！」

「沒錯，」亨姆廉絕望的說：「全都結束了。再也沒有一張郵票或是印壞的特殊花色可以蒐集了，現在我該怎麼辦？」

「我好像有點理解了，」姆米托魯慢慢的說：「你不再是蒐集家，只是擁有者了，樂趣已經不同以往了。」

「沒錯，」心碎的亨姆廉說：「不同以往了。」他停下腳步，欲哭無淚的面向他們。

「親愛的亨姆廉，」司諾克小姐溫柔的牽起他的手，「我有辦法了。你可以蒐集其他東西，像是新的事物？」

「這倒不失為一個辦法。」亨姆廉贊同，但依舊滿臉擔心。他覺得在悲痛之後，不應該表現得太快樂。

「比方說，蒐集蝴蝶如何？」姆米托魯建議。

「不行，」亨姆廉一說完，又變得沮喪了，「我有個表親就在蒐集蝴蝶，令我難以忍受。」

「電影明星怎麼樣？」司諾克小姐說。

亨姆廉只是悶哼一聲。

「吊飾呢？」姆米托魯滿懷希望的說：「它們永遠蒐集不完的。」

亨姆廉還是感到不屑。

「那我就真的不知道了。」司諾克小姐說。

「我們會再幫你想想看，」姆米托魯安慰他，「媽媽一定可以想得出來。噢，對了，你有沒有看到麝香鼠？」

「他還在睡呢，」亨姆廉難過的回答：「他說沒必要那麼早醒來，我想他說得沒錯。」說完，他便繼續獨自散步。姆米托魯與司諾克小姐駕著雲朵攀升，停在樹梢上，迎著陽光輕輕擺動。他們思考著亨姆廉該蒐集什麼新東西。

「貝殼怎麼樣？」司諾克小姐提議。

「或是稀有的釦子。」姆米托魯說。

然而，暖和的陽光令他們昏昏欲睡，無法繼續思索，於是乾脆平躺在雲朵上，望著春天的天空，聆聽雲雀吟唱。

突然間，他們看到了今年的第一隻蝴蝶。大家都知道，如果看見的第一隻蝴蝶是黃色的，就會有個快活的夏天。如果是白色，則會有個安靜的夏天。至於黑色和咖啡色的蝴蝶就不用提了，簡直太悲慘了！

但是，他們眼前的這隻蝴蝶是金色的。

「那是什麼意思呢？」姆米托魯說：「我從來沒看過金色的蝴蝶。」

「金色比黃色還要好，」司諾克小姐說：「你等著看！」

＊

他們回家吃晚餐時，在階梯上遇到了亨姆廉，他正快樂

的笑著。

「怎麼樣？」姆米托魯說：「你的新興趣是什麼？」

「研究大自然！」亨姆廉喊道：「這是司諾克想到的，我要採集植物，蒐集全世界最棒的植物標本！」亨姆廉拉開他的裙子[1]，向他們展示他的第一個發現。在泥土和枯葉中，有一棵外型像蔥的小巧植物。

「頂冰花，」亨姆廉驕傲的說：「我的第一號植物蒐集，是完美的品種。」他走進屋裡，將裙子裡的東西全都倒在餐桌上。

「親愛的亨姆廉，請把它放在角落裡，」姆米媽媽說：「我要端湯上桌了。大家都進屋裡了嗎？麝香鼠還在冬眠啊？」

「他睡得像豬一樣。」史尼夫說。

「你們今天過得好嗎？」姆米媽媽準備大家的食物時問道。

「好極了。」所有人都大聲回答。

＊

隔天早上，姆米托魯到柴房準備放出雲朵來，沒想到它們全都消失了，一朵都不剩。沒有人想得到，這和一度被丟在霍伯魔王帽子裡的蛋殼有關係。

1 作者注：亨姆廉一直穿著他姑姑留給他的裙子。我相信所有的亨姆廉都穿裙子，這似乎很奇怪，但事實就是如此。

第二章

姆米托魯可怕的變身、向蟻獅[1]報仇、和司那夫金的祕密夜間探險

1 作者注：你可能不知道，蟻獅是一種狡猾的昆蟲，會躲進沙裡，在上面挖個小圓洞。小動物不小心就會掉進去，蟻獅再出其不意的跳出來，抓住吃掉。

如果你不相信我，可以在百科全書找到這些資料。

某個暖和的夏天早晨，姆米谷飄起了細雨，大夥決定待在家裡玩躲貓貓。史尼夫站在角落，鼻子埋在雙掌裡，默數到十後，轉過身開始找人。史尼夫先翻找一般的藏身處，接著是平時意想不到的地方。

姆米托魯躺在陽台的桌子底下，暗自擔心這並不是一個好地方。史尼夫鐵定會掀起桌布，這樣一來，他就會被發現了。他四處張望，發現了立在角落的黑色大禮帽。這個主意真是太棒了！史尼夫絕對想不到有人會躲在帽子底下。姆米托魯躡手躡腳的爬到角落，戴上了帽子。帽子只遮到他的腰，但如果縮起身體，捲起尾巴，就可以大致藏起來。他聽到其他人一一被發現，忍不住笑了起來。亨姆廉顯然又躲進沙發底下了，他總是找不到更好的地方。現在，大家都四處奔跑，一起尋找姆米托魯。

他又等了一會兒，直到他擔心他們再也不想玩了，才自己掀起帽子，探出頭說：「看看我！」

史尼夫盯著他瞧，許久之後，才冷漠的說：「看看你自己吧！」

「他是誰？」司諾克小聲問，但其他人只是搖搖頭，繼續盯著姆米托魯看。

可憐的姆米托魯！霍伯魔王的帽子將他變成了一隻非常奇怪的動物。他圓滾滾的身體變得瘦長，而原本小巧的部位卻都變大了。最奇怪的是，他自己並不明白發生了什麼事。

「我想要嚇你們一跳，」他舉起細長的腿，遲疑的跨出一步，「你們一定想不到我躲在哪裡！」

「我們並不想知道，」司諾克說：「但是，你的確醜得可以嚇到任何人。」

「你真過分，」姆米托魯傷心的說：「我想你們一定是找累了。現在我們要玩什麼呢？」

「首先，也許你該自我介紹一下。」司諾克小姐不自在的說：「我們不認識你，是吧？」

姆米托魯懷疑的看著她，想到這可能是個新遊戲，便開心的大笑說：「我是加利福尼亞之王！」

「我是司諾克小姐，」司諾克小姐說：「這是我哥哥。」

「我叫史尼夫。」史尼夫說。

「我是司那夫金。」司那夫金說。

「噢，天哪！你們真無趣。」姆米托魯說：「你們就不能想出更有創意的名字嗎！我們出去玩吧！我想天氣已經放晴了。」說著便走下階梯，來到花園，後面跟著訝異又懷疑的三個人。

「那是誰？」坐在屋前數著太陽花雄蕊的亨姆廉問道。

「加利福尼亞之王。」司諾克小姐說。

「他要在這裡住下來嗎？」亨姆廉問。

「這得讓姆米托魯決定，」史尼夫說：「不知道他到哪裡去了。」

姆米托魯大笑。「你有時候真有趣，」他說：「我們要出發去尋找姆米托魯嗎？」

「你認識他嗎？」司那夫金問。

「是啊，」姆米托魯說：「事實上我們還很熟。」他樂在其中，覺得自己表現得很不錯。

「你怎麼會認識他？」司諾克小姐問。「我們是同時出生的。」姆米托魯一說完，忍不住爆笑出來，「妳知道，他是個不可理喻的人！還很難相處！」

「你怎麼可以這樣說他！」司諾克小姐憤怒的說：「他是全世界最棒的姆米，我們都很喜歡他。」

姆米托魯有點無法反應。「真的嗎？」他說：「我覺得他根本是個討厭鬼。」

司諾克小姐哭了起來。

「走開！」司諾克對姆米托魯說：「否則我們會修理你。」

「好啦，好啦，」姆米托魯好聲好氣的說：「這只是遊戲，不是嗎？我很高興你們那麼看重我。」

「我們並沒有。」史尼夫尖聲喊著：「帶走他！這個批評我們姆米托魯的醜惡國王！」

於是，所有人撲上可憐的姆米托魯。他嚇了一跳，甚至忘記要保護自己，他的憤怒也來得太晚了，當姆米媽媽從階梯上跑下來時，他早已被壓在一堆拳頭和尾巴底下了。

「孩子們，你們在做什麼？」她大叫：「立刻住手！」

「他們在打加利福尼亞之王，」司諾克小姐吸著鼻子說：「都是他自作自受。」

姆米托魯從扭打中爬出來，疲累又生氣。

「媽媽，」他哭著說：「是他們先動手的。三個打一個！這不公平！」

「我同意。」姆米媽媽嚴肅的說：「不過，我想都是因為你嘲笑他們。可是你究竟是誰，我的小怪獸？」

「噢，拜託，不要再玩這糟糕的遊戲了，」姆米托魯趕緊哀求，「已經不有趣了。我是姆米托魯，妳是我媽媽。就是這樣！」

「你不是姆米托魯，」司諾克小姐生氣的說：「他有漂亮的耳朵，而你的耳朵長得像茶壺把手！」

姆米托魯覺得莫名其妙，抓著兩隻皺巴巴的耳朵。「我是姆米托魯啊！」他沮喪的大叫起來，「你們不相信我嗎？」

「姆米托魯有可愛的小尾巴，細長又優美，你的尾巴卻像掃煙囪的掃把。」司諾克說。

噢，天哪，是真的！姆米托魯舉起顫抖的手，摸了摸屁股。

「你的眼睛像肥皂盤一樣，」史尼夫說：「姆米托魯的眼睛又小又溫柔！」

「對，一點都沒錯。」司那夫金同意。

「你是冒牌貨！」亨姆廉肯定的說。

「沒有任何人相信我嗎？」姆米托魯哀求著。「媽媽，仔細看看我。妳一定認識妳的姆米托魯。」

姆米媽媽仔細看了看。她盯著那雙害怕的眼睛許久，才平靜的說：「沒錯，你是我的姆米托魯。」

就在這個時候，姆米托魯的外形開始改變了。他的耳朵、眼睛和尾巴慢慢縮小，鼻子和肚子則是變大，最後，他又變回了原來的自己。

「親愛的，沒事了，」姆米媽媽說：「你知道的，不管發生什麼事，我都會認得你。」

＊

不久，姆米托魯和司諾克坐在綠葉帷幕覆蓋的茉莉花叢下，那是他們的祕密藏身處之一。

「沒錯，你一定是做了什麼事才會變身。」司諾克說。

姆米托魯搖搖頭。「我沒注意到有什麼不尋常的事情，」他說：「我也沒說任何危險的字眼。」

「也許你跨進了什麼仙子的項環裡。」司諾克想道。

「應該沒有，」姆米托魯說：「我一直窩在那頂我們拿來當作垃圾桶的黑帽子下面。」

「在那頂帽子裡頭？」司諾克質疑。

姆米托魯點點頭，兩人思考了很長一段時間，接著，突然一起大叫：「一定是……！」還互相凝視著對方。

「來吧！」司諾克說。

＊

他們來到陽台上，小心翼翼的接近帽子。

「它看起來很普通，」司諾克說：「當然，除非你認為大禮帽是很不尋常的東西。」

「可是，我們要怎麼知道它有問題呢？」姆米托魯問：「我可不想再躲進去了！」

「也許我們可以把別人騙進去裡面。」司諾克提議。

「那樣太壞心了，」姆米托魯說：「我們要怎麼確定他會再變回來？」

「找個敵人來試試，怎麼樣？」司諾克建議。

「嗯，」姆米托魯說：「你想到誰嗎？」

「胖胖豬如何？」司諾克說。

姆米托魯搖搖頭。「他太胖了。」

「那麼，蟻獅呢？」司諾克提議。

「這個好，」姆米托魯贊同：「有一次他將媽媽拉進洞裡，還用沙子潑她的眼睛。」

他們出發拜訪蟻獅，還帶了一個大罐子。蟻獅洞只在有沙子的地方，他們就這樣來到沙灘，沒多久，司諾克發現了一個大圓洞，他急忙示意姆米托魯過來。

「他在那裡！」司諾克輕聲的說：「可是，我們要如何引誘他進罐子裡呢？」

「交給我。」姆米托魯小聲說。他拿出罐子，打開蓋子，埋在稍遠的沙子裡，然後大聲說：「蟻獅是很脆弱的動物！」他對司諾克打手勢，兩人急切的看著沙洞，沙子稍微移動了一下，但是他們沒有看到任何東西。

「非常脆弱，」姆米托魯又重複了一次：「他要花好幾個小時才能鑽進沙子裡，你知道嗎！」

「沒錯，可是……」司諾克狐疑的說。

「我告訴你，他真的是這樣，」姆米托魯拚命的用耳朵打暗號，「好幾個小時！」

就在這個時候，有個邪惡的頭瞪著一雙大眼睛，從沙洞裡鑽出來。

「你說誰脆弱？」蟻獅輕蔑的說：「我只要三秒鐘，就可以鑽進沙底！」

「那你表演給我們看啊，這樣我們就會相信你具有這種高超的本領。」姆米托魯哄勸著。

「我要把沙子潑到你身上，」蟻獅生氣的回答：「再將你拉進洞裡吞掉！」

「噢，不要吧，」司諾克懇求：「你不能改成表演三秒鐘內倒退挖洞嗎？」

「上來這裡挖，我們看得比較清楚。」姆米托魯指著他

埋罐子的地方說。

「你們覺得，我會費心表演給你們兩個小鬼頭看嗎？」蟻獅怒氣沖沖的說。可是，他還是無法抗拒展現自己有多強、多快的誘惑，於是他悶哼一聲，便爬出洞來，傲慢的問：「我要在哪裡挖洞？」

「那裡。」姆米托魯指著說。

蟻獅聳起雙肩，豎起他嚇人的長鬚毛。

「走開！」他大叫：「我先鑽下去，等我回來再吃掉你們！一、二、三！」他像螺旋槳一樣倒退到沙裡，剛好掉進埋在底下的罐子中，總共只花了三秒，或者只有兩秒半，因為他實在是太生氣了。

「趕快蓋上蓋子。」姆米托魯大叫。他們撥開沙子，旋緊蓋子，再挖出罐子，一路滾著它回家，蟻獅在裡面大聲叫罵，還被沙子噎住喉嚨。

「他那麼生氣，真是恐怖，」司諾克說：「我不敢想像要是放他出來會怎麼樣！」

「他現在出不來，」姆米托魯小聲的說：「等他出來的時候，我希望他已經變成其他恐怖的東西了。」

他們回到姆米家，姆米托魯吹了三長聲口哨，叫大家過來，這表示有不尋常的事情發生了。

所有人從四面八方跑來，圍著蓋得緊閉的罐子瞧。

「你抓到了什麼？」史尼夫問。

「一隻蟻獅，」姆米托魯驕傲的說：「我們抓到一隻如假包換的蟻獅！」

「親愛的，我真是太崇拜你了！」司諾克小姐讚賞的說。

「我想，現在可以把他倒進帽子裡了。」司諾克說。

「讓他像我一樣變形。」姆米托魯說。

「誰可以告訴我，這是怎麼一回事？」亨姆廉可憐的問道。

「我們想通了，我會變身是因為躲在那頂帽子裡。」姆米托魯解釋道：「現在要看看蟻獅會不會也變成其他東西。」

「可、可是，他可能會變成任何東西！」史尼夫尖聲說：「也許會變成比蟻獅還要危險的動物，一口吞掉我們所有人。」大家驚嚇得不發一語，默默的看著罐子，聽著裡面傳出含糊的咒罵聲。

「噢！」司諾克小姐一聽，全身變得慘白[1]。不過，司那夫金建議大家在變化發生的時候躲在桌子底下，並拿一本厚重的書蓋住帽口。「要實驗就得冒點風險，」他說：「把他倒進去。」

史尼夫先爬進桌子底下，而姆米托魯、司那夫金和亨姆廉合力把罐子搬到霍伯魔王的高帽子上，司諾克小心翼翼的打開蓋子。蟻獅從一股沙塵中掉了出來，司諾克趕緊拿了一本《古怪字彙大全》蓋在上面。之後，大家都鑽進桌子底下等待著。

起初，沒有任何動靜。

他們從桌布底下探頭偷看，越等越不耐煩。還是毫無變化。

「全是胡說八道。」史尼夫說。此時大字典開始起皺，史尼夫興奮的咬住亨姆廉的大拇指，他還以為那是自己的指頭。

字典慢慢捲成一團，一頁頁的紙張就像枯葉一般，書裡的古怪字彙竟然離開書頁，在地上四處爬動。

「我的老天爺啊。」姆米托魯說。「精采的還在後頭。」水開始從帽沿滲出，滿了出來，流到地毯上，從字典逃出來的字彙都嚇得爬上牆壁。

「蟻獅只變成水而已。」司那夫金失望的說。

「我想這是沙子變的，」司諾克小聲說：「蟻獅馬上就要出來了。」

他們又著急的等待許久，司諾克小姐把臉埋在姆米托魯的腿上，史尼夫則害怕的啜泣著。突然間，帽子邊緣出現了全世界體積最小的刺蝟。他聞了聞空

1 作者注：司諾克一族情緒沮喪時，往往會變成白色。

氣、眨一眨眼，全身亂蓬蓬又濕答答。

現場靜默了幾秒鐘，司那夫金突然笑出來，沒多久，大家全都高興的在桌子底下笑成一團。只有亨姆廉不覺得哪裡有趣，吃驚的看著他們說：「我們原本就知道蟻獅會變身，不是嗎？我真不懂你們為什麼總是大驚小怪。」

此時，小刺蝟邁開猶豫的腳步，有點悲傷的走出門外，爬下階梯。水不再溢出來了，但整個陽台已經是汪洋一片，天花板上則爬滿古怪字彙。

*

姆米爸爸和姆米媽媽聽完整個經過之後，很清楚事情的嚴重性。他們認為霍伯魔王的帽子應該要銷毀，於是小心的將它滾到河邊，丟進水裡。

「再見了，雲朵和奇妙的變身。」姆米媽媽說。他們就這樣看著帽子漂走。

「雲朵還滿好玩的，」姆米托魯失望的說：「我不介意它們再出現！」

「可是淹水和古怪字彙呢？」姆米媽媽生氣的說：「你看看陽台！我不知道該如

何處理這些怪異的字彙。它們到處都是，弄得房子亂七八糟。」

「不管怎麼樣，雲朵還是很好玩。」姆米托魯固執的說。當晚他難以入眠，明亮的六月夜裡有著寂寞的低語、窸窣和腳步聲，空氣中充滿甜美的花香。

司那夫金還沒進家門。這樣的夜晚，他喜歡吹著口琴在外遊蕩，可是，今晚卻聽不到口琴聲。他可能去探險了，很快的，他就會在河邊搭起帳篷來，不想再睡在屋裡了。姆米托魯嘆口氣，感到莫名的悲傷。

此時，花園隱約傳來口哨聲。姆米托魯一聽心跳加速，踮著腳尖輕輕走到窗戶邊往外看。這一聲口哨的意思是：「我有祕密要告訴你！」司那夫金在繩梯下等他。

「你能保密嗎？」姆米托魯爬到草地上後，司那夫金小聲說。

姆米托魯急切的點點頭，司那夫金靠過去，再度小聲說：「那頂帽子順著河流漂到沙洲了。」

「你有興趣嗎？」司那夫金挑了挑眉毛，而姆米托魯則搖晃耳朵，明確的意謂著「好啊」。下一分鐘，他們已經像影子一樣穿越沾滿露水的花園，往河邊走去了。

「你知道，我們有責任救回那頂帽子。河水進了帽子裡面就變成紅色，」司那夫金說：「住在河流下游的所有生物都會被這恐怖的紅水嚇到。」

「我們應該事先想到會發生這樣的事情。」姆米托魯說。能在午夜和司那夫金一起步行，令他感到很驕傲。司那夫金以前總是獨自夜遊。

「就在這附近。」司那夫金說：「水裡有個黑影，你看到了嗎？」

「看不太清楚，」姆米托魯說，他在黑夜裡走路總是跌跌撞撞，「我沒有你那樣的好眼力。」

「不知道我們能不能拿得到，」司那夫金望著河裡說：「姆米爸爸居然沒有船，真是太不明智了。」

姆米托魯想了一下。「我的游泳技術還不錯，只要水不太冰的話。」他說。

「你才不敢呢！」司那夫金說。

「我當然敢，」姆米托魯反駁，他突然變得很勇敢，「帽子在哪裡？」

「在對面，」司那夫金說：「你很快就會踏上沙洲，可是要小心，不要一腳踩進

Tove

帽子裡。抓住帽緣就好。」

姆米托魯踩進溫暖的夏日河水，用狗爬式往前游。水流很強，讓他有點害怕。這時他看到了沙洲，上面還有個黑色的東西，於是他尾巴一轉，很快就感覺到自己已經踩在沙上了。

「還順利嗎？」司那夫金從岸邊大喊。姆米托魯踩上沙洲時，也提高音量應答。一股暗色的水流不斷從帽子裡湧出——是紅色的水。姆米托魯用手沾一點紅水，謹慎的舔了一下。

「我的老天爺啊！」他小聲說：「是小紅莓果汁！想想看！只要在帽子裡裝滿水，我們就有喝不完的小紅莓果汁。」他的歡呼聲傳到司那夫金耳裡，司那夫金不耐煩的叫著：「拿到了沒？」

「噢，拿到了。」姆米托魯大喊。他用尾巴緊緊捲著霍伯魔王的帽子，走進水裡。尾巴拖著一個沉重的東西，很難逆著水流游泳，等到姆米托魯好不容易游上岸，他已經累壞了。

「拿來了。」他驕傲的喘著氣。

「很好！」司那夫金說：「可是，我們現在要如何處置它呢？」

「這個嘛，我們不能放在姆米家，」姆米托魯說：「也不能放在花園裡，怕會被人發現。」

最後他們決定放進史尼夫的洞穴，可是不能讓史尼夫知道。他太小了，守不住這麼大的祕密。

「你知道，」姆米托魯嚴肅的說：「這是我們第一次做了不能告訴爸爸和媽媽的事。」

司那夫金抱著帽子，開始沿著河岸往回走，來到橋頭時，他突然停下來。

「怎麼了？」姆米托魯驚慌的壓低音量說。

「金絲雀！」司那夫金大叫：「橋上有三隻黃色的金絲雀。晚上竟然還能看到他們，真是奇怪。」

「我不是金絲雀，」最近的一隻鳥開口：「我是一隻石斑魚！」

「我們是高尚的魚，三個都是！」他的朋友發出啁啾聲說。

司那夫金搔搔頭。

「瞧！你看這頂帽子幹了什麼好事，」他說：「那三隻小魚游進帽子後就變身了，一定是這樣。來吧！我們趕緊去洞穴，把帽子藏起來！」

姆米托魯緊緊跟著司那夫金越過樹林，道路兩旁不時有窸窸窣窣、嘰嘰喳喳的聲響，實在有點嚇人。有時候，樹林後面有閃爍的小眼睛盯著他們，地上和樹幹間也有不知名的東西在呼喚他們。

「真是個美麗的夜晚！」姆米托魯聽到有人在他後面這麼說。

「沒錯。」他勇敢的回答，只見一道小影子在他面前溜進暗處。

海灘上比較明亮。海洋與天空之間灑著一片淡藍色微光，遠方的鳥兒發出孤獨的鳴叫。夜晚即將接近尾聲。司那夫金和姆米托魯帶著霍伯魔王的帽子爬上山洞，帽緣朝下，放在最黑的角落，以免有人不小心掉進去。

「我們已經盡力了。」司那夫金說：「想想看，要是能拿回那五朵雲，該有多好！」

「是啊，」姆米托魯站在洞口，望著海洋說：「不過，我很懷疑它們還會不會像之前一樣好玩。」

第三章

麝香鼠的可怕經歷、姆米一家來到溜溜島、亨姆廉及時脫逃、一行人度過暴風雨

隔天早上，麝香鼠照常拿著他的書，走到吊床躺下。他剛躺好，繩子便應聲而斷，他整個人掉到了地上。

「不可原諒！」麝香鼠拉起纏在腳上的毯子，口裡不停罵著。

「噢，天哪！」正在幫菸草澆水的姆米爸爸說：「你沒有受傷吧？」

「重點不是這個，」麝香鼠吸著鬍鬚，沮喪的說：「就算天崩地裂我都不在乎，這種事一點也不會影響我。可是我不喜歡陷入可笑的局面，這對哲學家來說，是一大恥辱！」

「還好啦，只有我一個人看到事情發生的經過。」姆米爸爸趕緊聲明。

「那已經夠糟糕了！」麝香鼠回答：「你會一直記得我在你家的遭遇！例如，去年彗星掉下來，這事本身沒什麼大不了，但也許你還記得，當時我一屁股坐在你太太做的巧克力裝飾上。這對我來說便是非常大的侮辱！而且，有時候你們家的客人還會把梳子放在我床上，真是個愚蠢的玩笑。更別提你兒子，姆米托魯……」

「好啦，我知道了，」姆米爸爸可憐的打斷他的話：「我們家向來就是不得安寧啊……你知道的，繩子用久了，不免磨損啊。」

「這絕不可以，」麝香鼠說：「要是我摔死了，當然沒什麼關係。可是，想想看，要是你們家那些年輕人看到我的糗樣怎麼辦！算了，我決定找個無人的地方，孤單平靜的度過一生，捨棄這一切。我已經下定決心了。」

姆米爸爸深受感動。「噢，」他說：「你要去哪裡？」

「去洞穴，」麝香鼠說：「在那裡，不會有人用愚蠢的玩笑打擾我。你們可以每天幫我送兩次餐，但別在早上十點以前來。」

「好的，」姆米爸爸鞠躬說：「要不要順便幫你帶點家具？」

「可以。」麝香鼠有禮貌的說：「簡單的東西就行了。我明白你的好意，但你的家人我實在不敢恭維。」麝香鼠說完，便拿著他的書和毯子，慢慢往峭壁走去。姆米爸爸嘆了一口氣後，便又繼續澆水，很快就忘了整件事。

麝香鼠來到洞穴，對一切都非常滿意。他將毯子鋪在沙地上坐了下來，立刻開始沉思，就這樣持續了約兩個小時。四周平靜祥和，太陽透過頂上的縫隙，輕柔的照進他的藏身處。他偶爾因為陽光偏移而稍微移動一下。

「我要在這裡待一輩子。」他心想。無論是四處奔波、喋喋不休、蓋房子、煮飯，或是蒐集個人用品……統統都不需要！他滿意的環顧他的新家，突然看到姆米托魯和司那夫金藏在角落裡的霍伯魔王帽子。

「垃圾桶！」麝香鼠自言自語：「原來在這裡啊！好啊，它總會派上用場的。」

他又沉思了一會兒，才決定小睡一下。他整個人裹進毯子裡，並將假牙放在帽子中，以免沾到沙子。之後，他睡了一個寧靜快樂的好覺。

*

在姆米家，午餐是黃色的大鬆餅配上小紅莓果醬。雖然還有前一天剩下的麥片粥，但沒人想動它，他們便決定留到隔天早上再吃。

「今天我想要做點特別的事情，」姆米媽媽說：「我們擺脫了那頂可怕的帽子，應該要慶祝一下。而且，一直坐在同樣的地方也會膩。」

「親愛的，妳說得對！」姆米爸爸說：「我們去遠足，怎麼樣？」

「我們哪裡都去過了，再也沒有新鮮的地方。」亨姆廉說。

「一定有的，」姆米爸爸說：「如果沒有，我們就自己創造一個。孩子，不要吃了，我們把食物一起帶走。」

「我們可以先吃完嘴巴裡的食物嗎？」史尼夫問。

「親愛的，別說傻話了。」姆米媽媽說：「快拿好你們想要帶的東西，爸爸打算馬上出發。可是，不需要的東西就不要帶上。我們可以留張紙條給麝香鼠，讓他知道我們去了哪裡。」

「慘了！」姆米爸爸突然大叫，一隻手放在額頭上，「我完全忘了！我們要送食物和家具到山洞裡給他！」

「山洞？」姆米托魯和司那夫金同時尖叫。

「是啊！吊床的繩子斷了，」姆米爸爸說：「麝香鼠說他無法沉思，還說要捨棄這一切。我不知道你們為什麼要放梳子在他的床上。總之，他搬去山洞了。」

姆米托魯和司那夫金的臉十分蒼白，彼此恐懼的對望著。「那頂帽子！」他們心想。

「好啦，沒什麼關係，」姆米媽媽說：「我們到海灘遠足時，順便帶食物給麝香鼠。」

「海灘太普通了，」史尼夫抱怨：「我們不能改去別的地方嗎？」

「孩子們，安靜！」姆米爸爸嚴肅的說：「媽媽想要去泡泡水，走吧！」

姆米媽媽趕緊收拾東西。她拿了毯子、平底鍋、樺樹皮[1]、咖啡壺、一大堆食物、防晒油、火柴，還有所有餐具和炊具。另外，又在袋子裡塞進了一把雨傘、保暖衣物、止痛藥、打蛋器、座墊、蚊帳、泳衣和桌巾。她來回奔走，絞盡腦汁想著任何可能忘記的東西，終於，她說了：「準備好了！噢，能到海邊好好休息一下，真是太好了！」

姆米爸爸帶了他的菸斗和釣竿。「怎麼樣，準備好了嗎？」他問：「你們確定沒有忘了什麼吧？好了，我們出發囉！」

1 作者注：樺樹皮是生火的最佳材料，也是遠足時的緊急情況必備品。

大夥兒排成一列，往海邊前進。走在最後面的史尼夫還拖著六艘小玩具船。

「你認為，麝香鼠會不會發現什麼？」姆米托魯小聲的對司那夫金說。

「但願不會！」司那夫金小聲應答：「可是，我有點緊張！」

就在這個時候，大家突然停下腳步，亨姆廉還差點被魚竿戳到眼睛。

「誰在尖叫？」姆米媽媽驚慌的叫道。

整座樹林在一陣瘋狂嚎叫中劇烈搖晃，有什麼人或什麼東西正往他們飛奔而來，還一面發出恐懼和憤怒的哭吼。

「快躲起來！」姆米爸爸叫道：「有怪獸來了！」

就在大家開始移動前，才發現所謂的怪獸其實是瞪大眼睛、豎直鬍鬚的麝香鼠，他揮舞著雙手，發出沒人聽得懂的怪聲，顯然非常生氣或害怕，或者是因為害怕而生氣。接著，他尾巴一轉，便逃之夭夭了。

「麝香鼠怎麼了？」姆米媽媽焦急的說：「他一向是冷靜又充滿威嚴的啊！」

「只不過是吊床斷了，他就變成這樣！」姆米爸爸搖著頭說。

「我認為，他是在氣我們忘了送食物給他。」史尼夫說：「所以說，我們現在可以吃掉他的食物了。」

儘管困惑不已，他們還是繼續往沙灘走。只不過，姆米托魯和司那夫金偷偷溜到最前面，走捷徑先一步到了山洞。

「我們最好不要從門口進去，也許那東西還在裡面！」司那夫金說：「我們爬到上面去，從洞頂裂縫往下看。」

他們像印地安紅人一樣，躡手躡腳的爬到洞頂，再往下看。霍伯魔王的帽子還在那裡，裡面空空如也。毯子被丟棄在角落，書在另一頭。洞裡空無一人。可是沙地上處處可見奇怪的腳印，看起來就像有人在裡頭手舞足蹈一樣。

「這些腳印不是麝香鼠的。」姆米托魯說。

「不知道是不是別人的腳印，」司那夫金說：「它看起來很可疑。」他們又爬下來，緊張的四處張望。

可是什麼也沒發生。

他們自始至終都不知道是什麼把麝香鼠嚇成這樣，因為他拒絕告訴大家[2]。
此時，其他人也來到沙灘。一行人站在海邊，揮舞著雙手，彼此交談。
「他們發現了一艘船！」司那夫金叫道：「來吧！我們過去瞧瞧！」
司那夫金說得沒錯，沙灘邊出現一艘漂亮的大帆船，漆成白色和淡紫色，上面的船槳和釣具都很齊全！
「會是誰的呢？」姆米托魯跑來，上氣不接下氣的說。
「誰都不是！」姆米爸爸得意的說：「它被海水沖上岸，我們有權當成沉船而擁有它！」
「它一定有個名字！」司諾克小姐說：「皮威號如何？這個名字很好聽吧？」
「妳自己去叫皮威吧！」司諾克無禮的說：「我要叫它海鷹號。」
「不，一定要用拉丁名，」亨姆廉叫道：「姆米海神號。」
「是我先看到的！」史尼夫尖叫：「應該由我幫它取名字。叫它史尼夫號不是很有意思嗎？又簡短，又好聽。」

「像你一樣？我才不認為！」姆米托魯嘲笑的說。

「噓……孩子們！」姆米爸爸說：「安靜，安靜！應該由媽媽幫它取名字，因為提議遠足的是她。」

姆米媽媽有點臉紅。「我想得出來就好了！」她害羞的說：「司那夫金很有想像力，我相信他可以取個更好的名字。」

司那夫金受寵若驚。「這個嘛！我不知道，」他說：「不過，老實告訴你們，我一開始就想到伏狼號，這個名字還不錯。」

「少來了，」姆米托魯說：「讓媽媽來取吧。」

「好吧！親愛的，」姆米媽媽說：「只要你們不覺得我很笨或老派。我認為這艘船的名字應該要和我們的用途有關，所以，我想冒險號是個不錯的名字。」

「太棒了！」姆米托魯叫道：「我們來幫它舉行下水典禮！媽媽，有沒有什麼東

---

2 作者注：如果你想知道麝香鼠的假牙變成了什麼東西，你可以問問你媽媽，她一定知道。

西可以代替香檳呢？」

姆米媽媽翻找她的皮包，想要找出小紅莓果汁。

「噢，天哪，真可惜！」她叫道：「我想我忘記帶小紅莓果汁了！」

「哎呀，親愛的，我不是問過妳有沒有帶齊所有東西嗎？」姆米爸爸溫柔的說。

大家失望的默默相視。不舉行下水典禮就航行，是非常不吉利的。

姆米托魯想到了一個好辦法。「把平底鍋給我。」他說。他將鍋子裝滿海水，然後拿到洞穴裡，倒進霍伯魔王的帽子中。等他回來時，拿的卻是小紅莓果汁。他對爸爸說：「嘗嘗看！」

姆米爸爸喝了一口，露出滿意的表情。「兒子啊，你從哪裡拿來的果汁？」他問道。

但姆米托魯說那是祕密，於是他們將果汁裝進瓶子裡，對準船頭敲破。同時，姆米媽媽驕傲的宣布：「我在此將你命名為冒險號。」

大家歡欣鼓舞，拿著野餐籃、毯子、雨傘、釣竿、座墊、平底鍋和泳衣上船，就這樣，姆米一家和他們的朋友向汪洋綠海出航。

＊

這是個風和日麗的一天。也許不是非常晴朗，因為太陽上方籠罩著一層金色薄霧。冒險號的白色船帆盈滿了風，全速向海上駛去。浪花拍打著船身，微風輕吟，人魚在船頭舞蹈，上方則盤旋了幾隻大白鳥。

史尼夫將他的六艘小玩具船綁成一排，一個接著一個，成為以冒險號為首的艦隊。姆米爸爸負責掌舵，姆米媽媽則坐在一旁打瞌睡，享受她難得的寧靜時光。

「我們要去哪裡呢？」司諾克問。

「來找個小島吧！」司諾克小姐懇求：「我從來沒去過小島。」

「那麼，妳現在就可以圓夢了，」姆米爸爸說：「我們會在遇到的第一座小島靠岸。」

姆米托魯遠遠的坐在船頭，留意海底是否有暗礁。盯著綠色的海底，看著冒險號的船首破浪向前，真是件美妙的事。

「呀呼！」姆米托魯叫道：「我們來到小島了！」

遠方坐落著溜溜的寂寞島，四周環繞著一圈暗礁和碎浪。溜溜每年會聚在這座小島，然後繼續無止境的環球旅行。他們來自指南針上的各個方位，安靜且嚴肅的他們，有著小巧空洞的白色臉龐。至於溜溜為什麼每年聚會一次，旁人很難理解，因為他們聽不到也不說話，一生除了旅行之外，沒有其他目標。或許他們也會想要有個舒適的家園，以便歇腳休息，或和朋友相聚。年度聚會都選在六月，姆米一家和溜溜幾乎同時到達寂寞島。它荒涼而誘人的從海中升起，白色的碎浪和一圈綠樹彷佛是它參加宴會的盛裝。

「前方有陸地！」姆米托魯大叫，所有人都靠著船緣探頭看。「也有沙灘。」司諾克小姐喊著。

「還有個不錯的港口！」姆米爸爸跟著喊完，便熟練的駕著船避開暗礁，準備靠岸。探險號深深嵌進沙裡，姆米托魯拿著纜繩跳上岸。

海灘很快就變得生氣蓬勃。姆米媽媽拉來幾塊石頭圍成火爐，開始烤熱鬆餅。她還撿了一些木柴，攤開桌巾，並在四個角落放上石頭，以免桌巾被吹走。她拿出所有杯子，並找個岩石陰影處，把奶油罐插在潮濕的沙地上，最後，還在桌子中央插了一束沙百合。

「我們能幫什麼忙嗎？」一切就緒後，姆米托魯問道。

「你們可以在島上探險。」姆米媽媽說，她知道這才是他們想要做的事情，「我們必須知道我們身在何處。這裡可能會有危險，對不對？」

「沒錯。」姆米托魯說完，找來司諾克小姐、她哥哥以及史尼夫，一同往南邊出發，而一向喜歡獨來獨往的司那夫金朝北方走去。亨姆廉則是拿出他的小鏟子、綠色的蒐集罐和放大鏡前往樹林，他想要尋找尚未被別人發現的珍貴植物。

在此同時，姆米爸爸則是坐在石頭上釣魚。太陽慢慢下沉，金色薄霧仍覆蓋在海面上。

島中央有片綠色空地，光滑的地面周圍環繞著花叢。溜溜的仲夏年會就在這裡舉行。大約有三百個溜溜已經抵達，至少還會有四百位陸續到來。他們在空地中央豎起一根漆成藍色的長竿，竿上掛著氣壓計。他們靜靜的在草地上遊走，驕傲的向彼此敬禮，只要經過氣壓計，他們就會對它深深一鞠躬——雖然這看起來有點可笑。

亨姆廉一直在樹林裡漫步，看著大量的稀有花朵出神。它們和姆米谷的花完全不同，噢，根本差得遠了！看起來像玻璃做的銀白花束叢生，黑紅色金鳳花就像皇冠一樣，還有天空藍的玫瑰。

然而，亨姆廉無暇欣賞它們的美麗，他忙著清點雄蕊和樹葉，一面自言自語：「這是我收藏裡的第兩百一十九號品種！」

他一心只想尋找更稀有的品種，最後竟到溜溜的祕密基地，他低著頭行走，直到撞上藍色長竿，才嚇了一大跳。他這輩子從來沒看過那麼多的溜溜！他們密密麻麻的擠在各處，白色的小眼睛全都盯著他看。「不曉得他們會不會生氣了，」亨姆廉心想：「他們雖然小，數量卻多到嚇人！」

他看著那個用發亮的桃花心木做的大型氣壓計，上面正指著「雨和風」。「真是

Tove

特別。」亨姆廉說。沒想到陽光太刺眼了，害他一時看不清，不小心推到氣壓計，氣壓計歪了一點點。溜溜憤怒不已，全都紛紛向前。

「沒事沒事，」他驚慌的說：「我不會拿走你們的氣壓計！」

可是，溜溜聽不到他說話，只是越靠越近，個個都揮舞著拳頭。亨姆廉焦急萬分，想要趁機逃跑，但敵人把他團團圍住，而且持續逼近。樹林裡冒出更多的溜溜，全都瞪大眼睛，無聲的前進。「走開！」亨姆廉大叫：「噓！噓！」

可是，他們還是靜靜的貼近他。此時，亨姆廉拉起裙子，攀住長竿往上爬。竿子又髒又滑，但恐懼帶給他亨姆廉一族特有的力量，讓他能一鼓作氣爬到竿頂，抱著氣壓計。

溜溜們現在已經簇擁到長竿下，在那裡等待著。整塊空地滿滿的都是溜溜，就像一塊白色地毯，亨姆廉一想到他滑下竿子的命運，就感到一陣作噁。

「救命啊！」他拉開嗓子求救：「救命啊！救命啊！」但樹林裡一片寂靜。

這時，他把兩根指頭塞進嘴裡吹口哨。三短聲、三長聲、三短聲。這是求救信號。

＊

獨自在海灘漫步的司那夫金聽到了亨姆廉的求救哨音，趕緊抬頭聆聽。他聽出哨音的方向後，立刻跑去救援。求救聲越來越響亮，司那夫金一聽，便小心的匍匐前進。樹林越來越稀疏，這時他看到了那塊空地、溜溜，還有緊緊抓住竿頂的亨姆廉。

「這真是太糟糕了，」他自言自語，之後便提高音量對亨姆廉說：「你到底是怎麼讓這些平和的溜溜氣得追著你不放？」

「我只不過是撞歪了他們的氣壓計，」可憐的亨姆廉悲嘆：「親愛的司那夫金，拜託你幫我趕走這些討人厭的生物。」

「我得想一下。」司那夫金說。

但是溜溜完全聽不到這段對話，因為他們沒有耳朵。

過了一會兒，亨姆廉大叫：「快點想想辦法，司那夫金，我開始往下滑了！」

「聽著！」司那夫金說：「你還記得那次野鼠闖進花園嗎？姆米爸爸在地上插了許多竿子，放上風車。風車轉動時，地面劇烈震動，結果嚇走了野鼠！」

「你的故事一向精采有趣，」亨姆廉激烈的說：「但我不懂那和我悲慘的情況有何關聯！」

「這是個好辦法！」司那夫金說：「你沒想到嗎？溜溜不說話也聽不到，視力也很差，可是他們的感覺非常靈敏！你何不前後搖晃竿子，這樣一來，溜溜會因為地面震動而害怕。你知道，震動會直接傳達到他們的肚子！他們就像是無線裝置！」

亨姆廉試著前後搖晃長竿。

「我要掉下來了！」他驚慌的大叫。

「再快一點！」司那夫金喊道：「幅度小一點。」

亨姆廉只好勉強再製造更多震動，溜溜開始感受到從腳底傳上來的不舒服。他們一陣騷動後，焦急的四處奔跑。下一分鐘，他們就像野鼠一樣，全都拔腿逃走了。

才不過幾秒鐘，現場的溜溜全跑光了。司那夫金在他們四處竄逃時用腳碰觸他們，感覺就像蕁麻一樣刺刺的。

亨姆廉身心俱疲的滑到草地上。

「噢！」他呻吟著：「自從我來到姆米家後，只會遇到麻煩和危險。」

「亨姆廉，冷靜點，」司那夫金說：「畢竟，到頭來你還是夠幸運了。」

「卑鄙的溜溜，」亨姆廉抱怨著：「我要帶走他們的氣壓計，懲罰他們。」

「你最好別這樣。」司那夫金警告。

可是，亨姆廉已經把那個閃閃發亮的大氣壓計從竿子上拆下，得意洋洋的夾在臂膀下。

「我們回去找大家吧！」他說：「我快要餓壞了。」

他們到達時，其他人已經在享用鬆餅和姆米爸爸從海裡抓到的金槍魚。

姆米托魯叫道：「我們已經繞了整座島一圈，遠處有一座可怕的懸崖，直接沒入海中。」

「我們見到了一大堆的溜溜！」司那夫金告訴他們：「至少有上百個！」

「不要再提起那些生物了，」亨姆廉感慨萬千的說：「我簡直受夠了，先過來看看我的戰利品。」他得意的將氣壓計放在桌布上。

「噢！真是明亮又美麗！」司諾克小姐讚嘆著：「這是時鐘嗎？」

「不，是氣壓計，」姆米爸爸說：「它能告訴你天氣是晴朗或暴雨。有時還滿準的。」他敲敲氣壓計，然後皺起眉頭說：「它指向暴風雨！」

「很強烈嗎？」史尼夫焦急的問。

「你自己看，」姆米爸爸回答：「氣壓計指在『零』的地方，這是氣壓計最低的讀數，如果它沒有愚弄我們的話。」

看來氣壓計並沒有愚弄他們。海上金色的霧氣集結成黃灰色的濃霧，遠處水平線的海水也轉變成奇怪的黑色。

「我們得回家了！」司諾克說。

「不要吧！」司諾克小姐懇求：「我們還沒有好好探索另外一邊的懸崖！也還沒有玩水！」

「我們可以等一等，觀察看看，對不對？」姆米托魯說：「好不容易發現這座島，若是這就這樣回家，實在太可惜了！」

「可是，如果暴風雨來了，我們就走不了了！」司諾克機靈的說。

「那更好！」史尼夫突然大聲說：「這樣我們就可以永遠待在這裡了。」

「孩子們，安靜，我得好好想一想。」姆米爸爸說。他走到海邊，聞聞空氣的味道，轉頭四處查看，又皺了皺眉頭。

遠處有轟隆隆的聲響。

「打雷了！」史尼夫說：「噢，好可怕！」

地平線上赫然出現一大團深藍色的雲，推擠著前方鬆軟的白雲。閃電不時照亮海面。

「我們得留下來。」姆米爸爸說。

「要過夜嗎？」史尼夫尖聲問道。

「沒錯，」姆米爸爸回答：「快點，我們來蓋個房子，就要下雨了。」

他們把冒險號拉到沙灘高處，並且很快的在樹林邊用船帆和幾張毯子蓋了一間房子。姆米媽媽用苔蘚糊好縫隙，司諾克則在周圍挖了一個水溝，引導雨水流到別的地方去。大家來回奔走，把自己的東西放在安全的地方，此時，雷聲越來越逼近，樹林間也開始起風了。

「我到高處去看看外面的天氣。」司那夫金說完，便緊拉著帽子跑出去了。他獨自一人高高興興的跑上岩石最遠處，靠著一個大圓石站著。

海面的風貌已經完全不同。浪花拍打著深綠色的海面，猶如千匹白馬奔騰，岩石閃著磷光一樣的黃色。暴風雨的低嚎從南邊逼近，將黑色的魔爪伸向整面海洋。它很快便籠罩了半片天空，閃電射出驚駭的光芒。

「它就要直逼整座島嶼而來了。」司那夫金開心又興奮的想著。他面對大海，看著暴風雨越來越近。突然間，他看見一個黑色的迷你騎士乘著像是隻短腿馬的黑色座騎。在一片黑水當中，只有在經過白色浪花的當下，才能看得見他們，騎士的斗篷像翅膀一樣鼓起，越飛越高……然後，便消失在雷電交加當中，只剩下遮住太陽的雲雨，交織成一面灰幕。「我看到霍伯魔王了！」司那夫金想：「那一定是霍伯魔王和他的黑豹！他們真的存在，並不只是古老的童話人物。」

司那夫金轉身，跳過一個個岩石，及時回到帳篷，此時，豆大的雨滴開始打在帆布上，狂風也不甘示弱的鞭打著它。懼怕雷聲的史尼夫把自己完全裹在毯子裡，其他人則像疊羅漢一樣蜷縮在一起。帳篷裡瀰漫著亨姆廉的植物樣本的味道。

這時，可怕的雷

聲就打在他們頭上，他們小小的避難所一次又一次的閃著白色電光。天上的雷聲像大型火車一樣隆隆作響，海洋也掀起巨浪，向寂寞島席捲而來。

「還好我們沒有在海上，」姆米媽媽說：「我的天哪，這是什麼天氣！」

司諾克小姐伸出顫抖的手，放在姆米托魯手上，令他覺得自己既勇敢又有男子氣概。

縮在毯子裡的史尼夫忍不住尖聲大叫。

「暴風雨已經在我們的正上方了！」姆米爸爸說。此時，一陣閃電竄過，接著響起倒塌的聲音。

「閃電擊中什麼東西了！」司諾克說。

情況真的相當嚴重。亨姆廉忍不住抱頭而坐。「麻煩！每次都遇到麻煩！」他低聲抱怨著。

暴風雨開始往南移動，雷聲越來越遠，閃電也漸漸轉弱，最後只剩下淅瀝瀝的雨聲和拍岸的浪聲。

「我先不要告訴他們我看到霍伯魔王的事情，」司那夫金想：「他們受的驚嚇已經夠多了。」

「你可以出來了，史尼夫，」司那夫金說：「已經結束了。」

史尼夫從毯子裡鑽出來，打了個哈欠，又抓抓耳朵。他對於先前自己太過大驚小怪有點不好意思。「幾點了？」他問。

「快八點了。」司諾克回答。

「那我想我們該躺下來了，」姆米媽媽說：「這段經歷讓大家都嚇壞了。」

「可是，如果我們去看看閃電打中了什麼，不是很刺激嗎？」姆米托魯說。

「早上再說吧！」姆米媽媽說：「明天早上我們會去徹底探險，還要玩水。現在島上又濕又暗，而且很不舒服。」她幫大家蓋好被子，便枕著她的皮包入睡了。

外頭的暴風雨強度再次加倍。滔滔海浪還夾雜著奇怪的聲音，像是從海洋遠處傳來笑聲、腳步聲和大鐘的旋律。司那夫金靜靜躺著聆聽，還回憶著他的環球之旅。

「我很快會再出發，」他心想：「但還要再等一下。」

第四章

溜溜的夜間突襲害司諾克小姐掉了頭髮，
寂寞島上最偉大的發現

司諾克小姐半夜猛然驚醒，發覺有東西在摸她的臉。她不敢睜眼看，只是不安的用鼻子四處嗅聞。她聞到燒焦的味道，便把毯子拉到頭上，一邊發抖一邊呼喊姆米托魯。

姆米托魯立刻醒來，問她怎麼了。

「我可以感覺到這裡有危險。」毯子下傳來模糊的聲音。

姆米托魯盯著黑暗的四周。的確是有什麼東西！小光點……有閃爍的白色東西在熟睡的大家身上跑來跑去。姆米托魯嚇壞了，趕緊叫醒司那夫金。

「你看！」他倒抽一口氣，「有鬼！」

「沒事的，」司那夫金說：「那是溜溜。雷雨讓他們導電了，所以才會發光。不要亂動，否則你會觸電。」

溜溜似乎在找什麼東西，他們把頭探進所有籃子裡，燒焦味越來越重了，突然，他們全都跑到亨姆廉睡覺的角落。

「你想他們是在找他嗎？」姆米托魯緊張的問。

「他們可能只是在找氣壓計，」司那夫金說：「我警告過他不要拿的。現在他們找到氣壓計了。」

溜溜全都伸手想搆氣壓計，甚至爬到亨姆廉身上。燒焦的味道現在已經非常重了。

史尼夫醒了過來，還開始啜泣。這時傳來一聲尖叫，有一隻溜溜踩到亨姆廉的鼻子。

大家一下子全醒了，紛紛站起來，現場頓時一片混亂。溜溜不時被踩到；史尼夫觸了電；亨姆廉嚇得到處尖叫、亂跑，還纏住帆布，害得整座帳篷都倒了下來，簡直是一團混亂。

史尼夫事後堅稱，他至少花了一個小時才從倒塌的帳篷爬出去（也許他有點誇大）。

等到大家都逃出來的時候，溜溜已經搬走氣壓計，消失在樹林裡了。沒有人想要去追他們。

亨姆廉可憐的哀嚎著，一面把鼻子伸進沙子裡。「太過分了！」他說：「為什麼一個可憐無辜的植物學家不能平靜的過日子呢？」

「人生本來就不平靜啊。」司那夫金滿足的說。

「孩子們，看哪！」姆米爸爸說：「天氣放晴了。很快就要天亮了。」

姆米媽媽看著暴雨侵襲的夜晚海面，打了個哆嗦，並緊抱著皮包。「我們是不是要蓋間新房子，再睡一下？」她問。

「不用了，」姆米托魯說：「我們直接裹著毯子，等待太陽升起吧。」

於是，他們在沙灘上坐成一排，彼

此緊緊靠在一塊兒，史尼夫坐在最中間，因為他覺得這樣最安全。

夜晚將近尾聲，暴風雨也已經遠離，可是巨浪依舊隆隆的拍打岸邊。東方露出魚肚白，天氣非常寒冷。此時，在第一道曙光之下，他們看到了溜溜動身離開小島。一艘艘的船載著溜溜，像影子一樣滑進海面，朝遠洋前進。

亨姆廉鬆了一口氣。「但願我再也不會看到溜溜了。」他說。

「也許他們要尋找新的島嶼，」司那夫金羨慕的說：「一個別人永遠找不到的祕密之島！」他渴望的看著遠處的小船。

當第一道金光射向東邊的地平線時，司諾克小姐趴在姆米托魯的腿上睡著了。有一朵暴風雨忘記帶走的雲變成了柔和的粉紅色，此時，太陽昂首照亮了整個海面。

姆米托魯彎身叫醒司諾克小姐時，發現一件糟糕的事情。她美麗柔軟的劉海被燒掉了。一定是溜溜碰觸到她時發生的。她會怎麼說呢？他要怎麼安慰她呢？真是大災難呀！

司諾克小姐張開眼睛，露出笑容。

「妳知道，」姆米托魯猶豫的說：「這樣說也許很特別，但我越來越覺得女孩子沒有頭髮比較美。」

「真的嗎？」她吃驚的說：「為什麼呢？」

「有頭髮看起來會很亂啊！」姆米托魯回答。司諾克小姐馬上舉起手摸摸頭髮，可是，哎呀！她抓到了一小撮燒焦的頭髮，害怕的看得出神。

「妳禿頭了。」史尼夫說。

「剛好適合妳，真的，」姆米托魯安慰她說：「拜託不要哭啦！」

然而，司諾克小姐趴在沙上，為她失去的美麗秀髮痛哭了起來。

大家都圍過來想要安慰她，但一點用也沒有。

「聽著，」亨姆廉說：「我天生就禿頭，而且我也非常習慣了。」

「我們可以用油摩擦妳的頭，頭髮很快就會長出來的。」姆米爸爸說。

「而且會很捲！」姆米媽媽補充說。

「真的嗎？」司諾克哭哭啼啼問道。

「當然囉！」姆米媽媽安慰的說：「想想看，一頭鬈髮的妳會有多可愛啊！」於是，司諾克小姐停止哭泣，站了起來。

「你們看，這有多美！」司那夫金說。整座島被雨洗過後，此時正閃著晨光。

「我要來吹一首晨光之曲。」說著便拿出口琴。其他人也跟著精神抖擻的唱起來：

不用擔心或煩惱或害怕，
我們總是精神煥發。
每個溜溜都已航向日出。
對於美麗我們再無所誇，
因為司諾克小姐會有一頭鬈髮。

「過來玩水吧！」姆米托魯叫道。大家都換上泳衣，迫不及待的奔入海浪裡，只有亨姆廉、姆米媽媽和姆米爸爸覺得海水還太冷，沒有下水。

玻璃綠和白花花的海浪捲上沙灘。太陽升起時能在浪花裡跳舞，是姆米一家最享受的事！夜晚已經被拋在腦後，漫長的六月天正要開始。他們像鼠海豚一樣潛入水中，在湧向岸邊的浪峰上游泳，史尼夫則留在淺灘處玩水。司那夫金在離岸較遠的海面仰身漂浮，凝視著藍色和金色交織的天空。

此時，姆米媽媽正在煮咖啡，她想要尋找之前埋在陰暗處的奶油罐，卻怎麼也找不到，看來是被暴風雨沖走了。「天哪！這樣三明治該塗什麼才行呢？」她憂愁的想。

「沒關係，」姆米爸爸說：「我們來看看，暴風雨有沒有帶來什麼作為交換。喝完咖啡

後，我們沿著海灘仔細尋找一遍，看看海水沖了什麼來！」於是，他們便依計畫進行。

在這座島最遠處，閃閃發光的濕滑岩石突出海面，除了貝殼沙灘（這是人魚的私人舞廳）外，還有一個祕密黑峽谷，當浪濤沖擊過來時，恍若拍打著一座鐵門。事實上，裡面有許多山洞和漩渦，以及一大堆等著發掘的驚險事物。

大家各自出發，尋找有什麼東西被沖上岸。這是非常刺激的任務，因為有機會找到許多怪異的東西，而之前它們沉在海底的時候，想要拿出它們來可是既困難又危險。

姆米媽媽吃力的往下爬，來到隱藏在可怕岩石中的一小塊沙地。這裡長著一大堆藍色的海石竹和海燕麥，它們纖細的長稈被風吹得簌簌晃動。她躺在陰影處，仰頭只見藍天，海石竹吹拂她的額頭。「我休息一下就好。」她想，但很快就在溫暖的沙地上睡著了。

司諾克跑到了最高處眺望。他可以從這裡看到另一邊的海岸，整座小島就像搖擺在動盪海面上的一朵大型睡蓮。他望見正在尋找沉船的史尼夫，看起來只有一個斑點那麼小。他甚至可以看到司那夫金的帽子！當然，還有亨姆廉，他正在挖一朵稀有的貝蘭……啊，那裡！那不是閃電打中的地方嗎？一個比姆米家還要大十倍的可怕峭壁，像蘋果一樣被閃電劈成兩半，中間留下一個深深的裂口。司諾克顫抖的爬進裂縫，查看閃電劈開的黑色岩壁。石頭黑得像黑檀木一樣，但中間有閃閃發光的條紋，是黃金！一定是黃金！

司諾克用鋼筆刀刮了一下，金色的顆粒落在他的手上。他一個個撿起來，全身興奮得發熱，不斷挖著越來越大的顆粒。過沒多久，他的心裡便只剩下這閃電打出的金礦，忘記了其他一切。他不再是海邊的拾荒者，而是個不折不扣的淘金客！

此時，史尼夫找到了一個沒什麼大不了的東西，但他還是很高興。那是一個救生圈，雖然有點被海水泡爛了，但還是浮得起來。「現在我可以游到更深的地方了，」他心想：「我確定，我很快就會像其他人一樣學會游泳。姆米托魯一定會嚇一大跳！」再走遠一點，他又在一堆樺樹皮、漂浮物和海藻之間找到了一張草蓆、一支破勺子和一隻沒有跟的靴子。因為是來自海底，它們都成了美好的寶藏！史尼夫看向遠方，發現姆米托魯站在水中，努力的試著拿起什麼，看起來是個很巨大的東西！「可惜不是我先找到的！」史尼夫心想：「那到底會是什麼呢？」

這時，姆米托魯已經從水裡拉出他找到的東西，推到沙灘上。史尼夫伸長脖子張望，他看到那是什麼了：一個浮桶！一個又大又迷人的浮桶！

「呀呼！」姆米托魯大叫：「你覺得這東西怎麼樣？」

「它很棒啊，」史尼夫歪著頭評論：「那你覺得，我這些東西怎麼樣？」他說完，便將自己蒐集來的物品在沙灘上一字排開。

「救生圈很實用，」姆米托魯說：「但你要那半個勺子做什麼？」

「如果舀快一點，也許還可以用，」史尼夫說：「聽著，我們來交換怎麼樣？草蓆、勺子和靴子跟你換那個浮桶？」

「這輩子想都別想！」姆米托魯說：「但是，也許你可以用救生圈交換這個稀有的東西，它鐵定是從遙遠的國度漂過來的。」他拿起一顆玻璃球搖一搖，旋起的雪花又慢慢落在貼了銀紙的小房子上。

「噢！」史尼夫說。他很苦惱，因為他無法忍受送出任何東西，就連交換也不行。

「你看！」姆米托魯說完，又搖起玻璃球裡的雪花來。

「我不知道……」史尼夫猶豫的說：「我不知道我比較喜歡哪一個，是救生圈還是你的玻璃球。」

「我確定這是世界上絕無僅有的。」姆米托魯說。

「可是我不能給你救生圈！」史尼夫呻吟著：「親愛的姆米托魯，難道我們不能共同擁有這個玻璃球嗎？」

「嗯……」姆米托魯說。

「或者偶爾讓我拿一下呢？」史尼夫懇求：「每個禮拜天？」

姆米托魯想了一下，然後說：「這個嘛！好吧！禮拜天和禮拜三歸你。」

*

在此同時，司那夫金則是獨自漫步，只有海浪與他為伴，他順著海浪拍打的方向前進，又調皮的在最後一刻跳開，看到它們只抓到他的靴子而開心不已。

司那夫金從岬角後面看到姆米爸爸正在搶救浮木。

「很不錯吧？」他喘著氣說：「我們可以用這些木頭，幫冒險號建造浮動碼頭。」

「需要幫你把它拉上來嗎？」司那夫金問。

「不，不用！」姆米爸爸有點吃驚的說：「我自己來就可以了。你不能自己找其他的東西來拉嗎？」

可以撿的東西一大堆，但司那夫金全都不放在眼裡。小木桶、半張椅子、沒有底的水桶、鐵板……全是些又重又麻煩的東西。司那夫金手插在口袋裡，吹著口哨。他寧願去捉弄海浪。

岬角那頭，司諾克小姐在岩石上四處攀爬。她用海百合做了一個頭飾，用來遮住她燒毀的劉海，這會兒她正想找個能讓大家吃驚又妒忌的東西。只要不是能讓她更美麗的東西，她就要在眾人的讚嘆之下，轉送給姆米托魯。岩石上寸步難行，而且她的頭飾一直被吹落。所幸現在風勢已經變小了，大海也從憤怒的綠色變回美麗的藍色，海浪不再嚇人，只是輕快的打出羽毛狀的碎浪。司諾克小姐往下爬到一個小石灘，但那裡除了一點海草和幾根浮木之外，什麼都沒有。她繼續往下爬到海邊。「真令人難過，只有我什麼大事也沒做。」司諾克小姐心想：「其他人不是找到了變身帽，就是抓到蟻獅，或是搶來了氣壓計。我真希望自己也可以做出什麼偉大的事情，讓姆米托魯刮目相看。」

司諾克小姐嘆了一口氣，望向荒蕪的海灘。突然間，她的心臟幾乎要停止跳動。她看到岬角那兒有個人形模樣的東西在淺灘上載浮載沉！它的體積非常大，遠比嬌小的司諾克小姐還要大上十倍！

「我得馬上過去瞧瞧。」她心裡想著，但又猶豫不前，她告訴自己不要怕，先去看清楚到底是什麼東西。於是，她發著抖逼近那可怕的東西，發現那是個女巨人，而且沒有腳！真是太可怕

了！司諾克小姐邁出發抖的雙腳往前走了幾步，令她大為吃驚的是，女巨人是木頭做的，還非常美麗：臉頰紅潤，嘴唇也搽了口紅，一雙藍色的眼睛在清澈的海水裡帶著笑意，鬈曲的藍色長髮垂披在雙肩上。「她是一位皇后。」司諾克小姐恭敬的說。美麗的女人雙手抱胸，胸前掛著金色花朵和項鍊。她的紅色衣服材質柔軟，其他部分則是畫在木頭上。唯一奇怪的是，她沒有背部。

「把她送給姆米托魯似乎有點可惜，」司諾克小姐思索著：「不過，我還是要送給他！」傍晚時分，她拖著木雕皇后走到碼頭時，感到無比的驕傲。

「妳找到的是一艘船嗎？」司諾克問。

「妳居然能一個人找到它，真了不起。」姆米托魯讚賞的說。

「這是個船頭人像。」姆米爸爸說，他年輕時曾橫渡七大洋，「水手喜歡用美麗的木雕皇后來裝飾船頭。」

「為什麼呢？」史尼夫問。

「噢，我想是因為他們喜歡女人吧！」姆米爸爸說。

「可是，為什麼她沒有背部？」亨姆廉問。

「當然是因為，那是連接船頭的地方啊，」司諾克說：「連小孩都知道！」

「她太大了，釘不上冒險號，」司那夫金說：「真是可惜！」

「噢！真是漂亮！」姆米媽媽讚嘆的說：「想想看，她那麼美，卻只能獨自欣賞！」

「妳打算怎麼處置她？」史尼夫問。

司諾克小姐垂下眼睛，露出笑容，接著說道：「我想送給姆米托魯。」姆米托魯一聽頓時說不出話來，紅著臉走向司諾克小姐，對她鞠躬。司諾克小姐也羞答答的回禮，兩人都很尷尬。

「看！」司諾克對他妹妹說：「妳還沒看到我找到了什麼！」他得意洋洋的指著沙灘上一大堆閃閃發光的黃金。

司諾克小姐看得眼睛都快掉出來了。「如假包換的黃金！」她深吸一口氣說。

「他不小心掉到地上的小塊黃金都可以歸我！」史尼夫驕傲的說。

噢！他們都非常欽佩彼此找到的東西。姆米一家簡直是一夜致富，但最珍貴的還是船頭雕像和玻璃球。暴風雨過後，船駛離寂寞島時差點超重，後面還拖著一只大木筏，上面載著他們收集到的浮木。其他貨物還包括黃金、玻璃球、巨大浮桶、一隻靴子、半個勺子、救生圈和草蓆，船頭則放著雕像遠望大海，姆米托魯坐在旁邊，撫摸著她美麗的藍髮。他高興極了！

司諾克小姐捨不得把視線從他們倆身上移開。

「噢，我多麼希望自己能像那個木雕皇后一樣美麗！」她想：「可是，我的劉海都燒光

了。」她不再感到快樂了。

「你喜歡這個木雕皇后嗎？」她問姆米托魯。

「非常喜歡！」他頭也不抬的回答。

「可是，你說你不喜歡女生留頭髮，」司諾克小姐說：「而且，她的頭髮也只不過是用畫的！」

「但畫得非常美麗！」姆米托魯說。

這段話幾乎讓司諾克小姐難以承受。她的喉嚨像是噎住了，只能低頭望著大海，整個人非常蒼白。「木雕皇后看起來很蠢！」最後她說。

此時，姆米托魯抬頭一看。

「妳為什麼變得那麼蒼白？」他吃驚的問。

「噢，沒什麼大不了！」她回答。

姆米托魯從船頭爬下來坐到她身邊，過了一會兒，他說：「妳知道嗎？那木雕皇后其實看起來很蠢。」

「的確是，對吧？」司諾克小姐說完，顏色又變回來了。

「妳還記得我們看到的金色蝴蝶嗎？」姆米托魯問，司諾克小姐疲憊而快樂的點點頭。

遠方的寂寞島在夕陽中，明亮得有如烈火燃燒。

「我想知道你們打算怎麼使用司諾克的黃金？」司那夫金說。

「我認為，我們應該拿來裝飾花床周圍。」姆米媽媽說：「當然，只用大塊的。小的看起來太雜亂了。」

之後，現場一片靜默，大家看著太陽慢慢落入海中，顏色褪成了藍色和紫色，冒險號輕輕搖晃著，朝著家的方向前進。

第五章

司諾克捕獲馬木路克魚、姆米家變成了叢林

時序進入七月底，姆米谷非常炎熱，就連蒼蠅都懶得飛翔。樹木顯得困倦不已，河流也已經變不了小紅莓汁，只剩細細長長的流水，流過黃土坡。霍伯魔王的帽子又被放回鏡子下面的五斗櫃上。

日復一日，太陽烘烤著這個隱藏在山坡中的小山谷。小動物都躲在陰涼的暗處，鳥兒不再鳴叫，而姆米托魯和他的朋友們也變得暴躁不安，經常發生爭執。

「媽媽，」姆米托魯說：「找點事情讓我們做吧！否則我們只會吵架，都是天氣太熱的緣故！」

「好啊，親愛的，」姆米媽媽說：「我也注意到了。再說我偶爾也想擺脫你們。你們要不要去山洞裡住幾天？那兒比較涼快，你們可以每天游泳，消磨時光，又不會打擾到別人。」

「我們可以在洞裡過夜嗎？」姆米托魯興奮的問。

「當然可以，」姆米媽媽說：「等到你們脾氣好點了，再回家吧。」

住在山洞裡是件令人興奮的事情。他們在沙地中央放了一盞煤油燈，每個人自己挖洞鋪床。糧食也平分為六等份，包括葡萄乾布丁、南瓜果醬、香蕉、小豬杏仁糕、甜玉米等，每個人還有一塊鬆餅當作隔天早上的早餐。

一陣低聲泣訴的輕風吹過寂寞的海邊，下沉的太陽為洞穴射進最後一道紅色光芒，提醒大家黑夜就要來臨了。司那夫金吹奏口琴，重新長出一頭鬈髮的司諾克小姐則是躺在姆米托魯的腿上。大家吃過葡萄乾布丁後，都在洞內舒服的休息。暮色悄悄的潛入洞裡，一種毛骨悚然的感覺油然而生。

史尼夫第一百次強調是他先找到這個山洞的，可是大家都懶得搭理他。之後，司那夫金點亮了油燈，開口說：「要不要聽我講可怕的故事？」

亨姆廉率先附和。

「大概有這麼可怕喔！」司那夫金極力伸長雙臂說：「如果你夠聰明，懂得我的意思的話！」

「不，我不聰明！」亨姆廉回答：「不過，盡量講吧！司那夫金，如果我會怕，我會告訴你。」

「好的。」司那夫金說：「這是個奇怪的故事，是喜鵲告訴我的。嗯！在世界的盡頭有一座高山，你光想到它有多高，就足以讓你頭暈。它漆黑得像煤灰，光滑得像絲綢，極端陡峭，山底下全是雲靄，而霍伯魔王的房子就坐落在山巔，它看起來像這樣。」司那夫金在沙上畫了一棟房子。

「完全沒有窗戶嗎？」史尼夫問。

「沒有，」司那夫金說：「也沒有門，因為霍伯魔王都是騎著黑豹從天而降。他每天晚上都外出巡視，用他的帽子蒐集紅寶石。」

「你說什麼？」史尼夫問，他的眼睛都快從頭上掉下來了，「紅寶石！他在哪裡找到的？」

「霍伯魔王可以隨意變身。」司那夫金回答：「因此他可以爬進地下和海底的藏寶處。」

「他要那麼多珍貴的石頭做什麼？」史尼夫羨慕的問。

「不做什麼，只是蒐集它們罷了，」司那夫金說：「就像亨姆廉蒐集植物一樣。」

Tove

「欸，有人提到我嗎？」亨姆廉從他的洞裡醒來，問道。

「我在說，霍伯魔王有一屋子的紅寶石。」司那夫金繼續說：「他任它們堆在四處，或是鑲在牆壁上，就像怪獸的眼睛一樣。霍伯魔王的房子沒有屋頂，飄過的雲朵都被紅寶石的光芒照得血紅。他的眼睛也是紅色的，在黑暗中閃閃發光！」

「現在我有點害怕了，」亨姆廉說：「接下來請小心的講。」

「霍伯魔王一定非常開心。」史尼夫大叫。

「一點也不，」司那夫金回答：「在沒找到國王紅寶石之前，他開心不起來。據說這顆紅寶石像他飼養黑豹的頭一樣大，看著它就像看著一團跳動的火焰。霍伯魔王為了尋找國王紅寶石，已經跑遍了各大星球，包括海王星，但是都一無所獲。他才剛出發到月球，在火山口裡尋找，但希望不大，因為，在他內心深處，他相信國王紅寶石藏在太陽上，可惜那裡太熱了，他永遠都去不了。」

「這故事是真的嗎？」司諾克語帶懷疑的問。

「隨你怎麼想。」司那夫金不在乎的說完，開始剝香蕉，「你知道喜鵲怎麼想嗎？

她認為霍伯魔王在幾個月前去月亮的途中，遺失了他的黑色高禮帽。」

「你不是說真的吧！」姆米托魯突然大叫，其他人也發出興奮的聲音。

「什麼事？」亨姆廉問：「你們在說什麼？」

「那頂帽子，」史尼夫告訴他：「我們在春天撿到的那頂黑色大禮帽，那是霍伯魔王的帽子！」司那夫金意味深長的點點頭。

「可是，如果他回來找他的帽子呢？」司諾克小姐發著抖問：「我可不敢看他的紅眼睛。」

「我們必須告訴媽媽這件事。」姆米托魯說：「這裡離月球遠不遠？」

「有一段距離，」司那夫金回答：「而且，我確信霍伯魔王得花好長一段時間才能找完所有的火山口。」

現場一陣焦慮的靜默，大家全都想著鏡子下面五斗櫃上的那頂帽子。

「把燈開亮一點。」史尼夫顫抖的說。

亨姆廉突然跳起來，說：「你們有沒有聽到什麼聲音？那裡，外面？」

他們全都望向黑暗的洞口，並豎起耳朵聆聽。那是相當輕緩的腳步聲，會不會是黑豹行走的聲響？

「是雨聲啦。」姆米托魯說：「終於下雨了。大家現在得睡一會兒。」

他們各自鑽進沙洞裡，拉上毯子。姆米托魯熄了燈，在小雨的呢喃聲當中，摸黑爬進洞裡睡覺。

*

亨姆廉突然驚醒，他夢到他在一艘進水的小船上，水已經快淹到他的下巴了。而最讓他驚恐的是，他的噩夢竟然成真了。夜裡的雨水從屋頂流下來，可憐的亨姆廉，他的床已經積水成河了。

「真是太悲慘了！」他抱怨道，隨即擰乾裙子，走出外頭看看天氣。到處都是一樣的景象，暗沉沉、濕答答又慘兮兮。亨姆廉原本希望自己會想要洗個澡，但他並不想。「昨天太熱，今天又太濕。我要進去再躺一會兒。」他說。

司諾克的沙洞看起來很乾燥。

「你看！」亨姆廉說：「我的床上下雨了。」

「你運氣真壞。」司諾克說完，便翻了個身。

「所以，我想睡在你的洞裡，」亨姆廉宣布：「不准打呼喔！」

可是，司諾克咕噥了一陣，又繼續睡。亨姆廉一心想要報復，便在他的沙洞和司諾克的沙洞之間挖了一條相通的水溝。

「這完全不像亨姆廉的作風！」司諾克坐在濕毯子上說：「我很驚訝，你居然有腦袋想到要這麼做。」

「這個嘛！我自己也很驚訝。」亨姆廉說：「算了，我們今天要做什麼？」

司諾克將鼻子伸出洞口，看看天空和大海後，狡黠的說：「我們去抓魚吧。你叫醒其他人，我先準備好船。」他跨過浸濕的沙子，往外走到姆米爸爸建造的碼頭，聞一聞大海的味道。海面還算平靜，小雨輕輕的下著，每一滴雨水都在閃亮的海面上形成一個小圓圈。司諾克點點頭，拿出他們最長的釣竿，拖出抄網，並把魚餌放在魚鉤上，而司那夫金則吹奏著捕魚歌。

其他人從洞裡走出來時，所有準備工作都已就緒。

「啊！你們終於出來了，」司諾克說：「亨姆廉，收起桅杆，放出槳架。」

「非得捕魚不可嗎？」司諾克小姐問：「我們每次捕魚都沒什麼好玩的事情，再說，那些梭子魚也很可憐啊。」

「是沒錯啦，不過今天一定會有什麼好玩的事情發生，」她哥哥說：「妳坐到船頭來，才不會擋到路。」

「我也來幫忙。」史尼夫尖聲說完，便拉住魚線，往下跳到船邊。船傾斜了一下，害得魚線纏住了槳架和錨。

「太好了！」司諾克諷刺的說：「真是太好了，熟悉大海，懂得駕船，又尊重別人的工作。哈！」

「你不打算責備他嗎？」亨姆廉疑惑的說。

「責備？我嗎？」司諾克說完，苦笑了起來，「船長有說什麼嗎？完全沒有！拉開魚線，免得它勾到舊靴子！」他說完便走到船尾，拿塊帆布蓋在頭上休息。

「我的老天爺啊！」姆米托魯說：「司那夫金，你最好過來負責划船，我們要解開這團混亂。史尼夫，你真是個笨蛋。」

「我知道。」史尼夫說，他很高興有事情可以做，「我要先解開哪一端？」

「從中間開始，」姆米托魯說：「小心！別讓你的尾巴也纏進去了。」

於是，司那夫金慢慢的把冒險號划出大海。

*

在此同時，姆米媽媽正快樂的忙碌著。小雨輕柔的灑在花園，四處一片祥和、整齊又安靜。

「花草作物都會順利長大了！」姆米媽媽告訴自己。噢！還有，她的家人都安全的在遙遠的山洞裡，真是太好了！她決定整理一下屋子，於是開始動手撿拾襪子、橘子皮、姆米托魯撿來的怪石頭和樹皮……等等所有奇怪的東西；還在收音機上找到亨姆廉忘記做成標本的粉紅色有毒多年生植物。姆米媽媽順手把它們揉成一團。當她聆聽著外頭的雨聲時，又說了一次：「花草作物都會順利長大了！」隨即她沒有多想，將揉成一團的植物丟進霍伯魔王的帽子裡，轉身上樓到房間小睡片刻。姆米媽媽非常喜歡在雨滴拍打屋頂的聲音中午睡。

＊

此時，司諾克的魚線沉入深海裡，靜靜等待著。它已經在那裡待了兩個鐘頭，司諾克小姐早就不耐煩了。

「期待是最大的樂趣，」姆米托魯告訴她：「也許每個鉤子都會勾到東西。」畢竟他們在魚線上綁了很多魚鉤。

司諾克小姐輕聲嘆氣。「不管怎麼樣，你拋下魚線時上面有魚餌，拉起魚線時上面就會有魚……」

「可是也可能什麼都沒有。」司那夫金說。

「或者可能釣到章魚。」亨姆廉說。

「女孩子永遠搞不懂這種事情，」司諾克說：「現在我們開始往上拉。大家都不許出聲，要保持安靜。」

第一個魚鉤出現了。

空無一物。

第二個魚鉤出現了。

也是空無一物。

「這只代表這條魚游得很深，而且體積非常大，」司諾克說：「大家要安靜！」

他又拉起四個空的魚鉤，說道：「這條魚真是狡猾，牠吃光了我們的魚餌。天哪！牠一定很大！」

大家全都靠了過來，往下盯著黑色深處。

「你認為牠是什麼魚呢？」史尼夫問。

「至少會是條馬木路克魚，」司諾克說：「你們看！又有十個空的魚鉤。」

「天哪！天哪！」司諾克小姐諷刺的說。

「天哪什麼，」她哥哥生氣的說完，繼續拉扯魚線，「安靜點！否則你們會嚇跑牠。」

一個個纏滿水草和海帶的魚鉤被拉了上來，但是上頭連一條魚也沒有。

突然，司諾克大叫：「小心！有東西上鉤了！我很確定有東西上鉤了。」

「馬木路克魚！」史尼夫大叫。

「你們一定要冷靜，」司諾克說，他自己卻一點都不冷靜，「別出聲。他來了！」

拉緊的魚線突然間放鬆開來，但在神祕的綠色深處已經可以看到白色的東西……是馬木路克魚的白肚子嗎？似乎有什麼可怕的龐然大物要從未知的水底現身了，那是一團很像叢林植物的綠色東西，不一會兒，牠就游到了船底下。

「把網子拿過來！」司諾克尖叫：「網子在哪裡？」

此時，現場充滿了噪音，只見白沫四濺，一陣大浪將冒險號高高推起，魚線隨之沖到甲板上。突然間，一切又回歸平靜。斷掉的魚線纏在一旁，海面上則依舊可以看見那隻怪獸游過而捲起的漩渦。

「現在，還有誰認為那只是一條梭子魚啊？」司諾克諷刺他妹妹：「只要我還活著，我對這件事就永遠不會釋懷！」

「這裡斷掉了，」亨姆廉握著魚線說：

「魚線太細了。」

「噢！別再說了。」司諾克說完，便把臉埋在雙手裡。

亨姆廉想要再說些什麼，但司那夫金踢踢他的小腿，暗示他不要開口。大家無助的坐著，全部不發一語。之後，司諾克小姐怯懦的說：「你要不要再試一次？我們可以用纜繩當魚線。」

司諾克悶哼了一聲，過一陣子才說：「那魚鉤怎麼辦？」

「可以用你的鋼筆刀，」司諾克小姐說：「把刀子、開瓶器、螺絲起子和挖出馬蹄上石頭的工具全都打開，一定可以釣到東西。」

司諾克把雙手打開，說：「是沒錯啦，不過我們沒有魚餌。」

「改用鬆餅啊。」他妹妹說。

司諾克考慮了一會兒，其他人全都屏息以待。

最後，他說：「當然，如果馬木路克魚也吃鬆餅的話……」就這樣，大家都知道要繼續捕魚了。

他們用亨姆廉裙子口袋裡找到的線頭，將鋼筆刀緊緊的綁在纜繩上，再插上一塊鬆餅，然後拋進水裡。

現在，司諾克小姐也情緒高漲，就像其他人一樣興奮。

「妳好像黛安娜。」姆米托魯讚賞的說。

「那是誰？」她問。

「追逐女神！」他回答：「她和木雕皇后一樣美麗，跟妳一樣聰明！」

「嗯！」司諾克小姐說。

就在這時候，冒險號傾斜了一下。「噓！」司諾克說：「牠在吃魚餌！」船身又搖了一下，這一次更為劇烈，接著一陣猛拉，大家都摔倒在地。

「救命啊！」史尼夫尖叫：「他就要吞掉我們啦！」

冒險號的船頭急遽下沉，好不容易才穩住，隨即又快速的朝汪洋大海駛去，纜繩在前方被緊緊的拉扯，緊繃得像弓弦一樣，另一端則消失在海面濺起的泡沫當中。

馬木路克魚顯然很喜歡鬆餅！

「冷靜！」司諾克大叫：「冷靜的待在船上！大家各就各位！」

「只要牠不潛下去……」司那夫金爬到船頭時心想。

馬木路克魚直直往大海游去，很快的，海岸線被遠遠拋在後頭，只剩下畫筆一抹般的線條。

「你認為牠可以撐多久？」亨姆廉問。

「最糟的情況下，我們還可以砍斷纜繩。」史尼夫說。

「絕不可以。」司諾克小姐搖著她鬈曲的劉海說。

此時，馬木路克魚尾巴一掃，轉頭往岸邊游去。

「牠的速度慢下來了，」跪在船頭的姆米托魯叫道：「牠開始累了！」

馬木路克魚確實累了，但也開始惱怒起來，牠猛扯魚線，大力一甩，冒險號差點翻覆。

有時牠一動也不動，想要矇騙他們，然後又突然加速游去，掀起的高浪幾乎要吞噬了他們。司那夫金拿出口琴，吹奏他的捕魚歌，其他人則用力打拍子，連甲板也跟著震動起來。就在他們幾乎要放棄希望的時候，馬木路克魚來個大翻身，露出了不再喘息的大肚子。

他們從沒看過那麼大的魚！大家靜靜的思考了一下後，司諾克說：「嗯！我終於抓到牠了，對不對？」他妹妹驕傲的回應。

把馬木路克魚拖回岸上的途中，天空又下起雨來，亨姆廉的裙子一下子就濕了，司那夫金的帽子僅剩的一點帽型也塌軟了。

「洞穴裡可能很濕了。」姆米托魯坐在船槳旁，冷得發抖。

「媽媽會擔心我們。」他後來又補了一句。

「你的意思是，我們現在就可以回家囉？」史尼夫說，他盡量不想顯得太期待。

「沒錯，給姆米爸爸和姆米媽媽看看這條魚。」司諾克說。

「我們回家吧。」亨姆廉說：「奇怪的冒險再加上全身濕答答，再這樣下去，即使事情再有趣，時間久了還是不舒服。」

於是，他們用木板扛著馬木路克魚，一起抬著牠穿過樹林。牠張開的嘴巴大到樹枝會卡進牠的牙齒，牠重達一百多公斤，每幾分鐘，大夥就要停下來喘口氣。這時雨勢更大了，等他們進入姆米谷，大雨已經遮住了整棟房子。

「我們先把魚放在這裡一會兒，怎麼樣？」史尼夫提議。

「想都別想！」姆米托魯氣憤的說，於是他們一鼓作氣衝進花園。突然間，司諾克站住不動。「我們走錯路了！」他說。

「你在胡說什麼！」姆米托魯說：「那裡不是柴房嗎？下坡處不是小橋嗎？」

「是沒錯，可是房子呢？」司諾克問。

真是太不可思議了。姆米家消失了。就是這樣，房子不在那裡了。他們把馬木路克魚放在姆米家的階梯前……應該說是以前階梯的位置，現在卻變成……

不過，首先我必須說明他們在抓馬木路克魚的時候，姆米谷發生了什麼事。

姆米媽媽上樓午睡前一時失神，將一團粉紅色的有毒多年生植物丟進霍伯魔王的帽子裡。這下子麻煩來了，早知道她就不該整理家裡。午休時間，那一團粉紅色的有毒多年生植物中了魔法，開始變形長大。它扭曲的伸出帽緣，延伸至地板。捲鬚和嫩芽攀上了牆壁，捲著窗簾和窗簾繩往上爬，鑽進牆縫、通風口和鑰匙孔。潮濕的空氣幫助花朵開放、果實成熟，巨大多葉的枝枒覆蓋了樓梯，還推開家具，從水晶燈垂吊而下。

屋裡到處都是模糊的窸窣聲，有時可以聽見蓓蕾綻開的聲響，或熟透的果實「砰」一聲掉到地毯上的噪音。但姆米媽媽以為只是雨聲，翻個身又繼續睡了。

姆米爸爸在隔壁房間寫回憶錄。自從他蓋好碼頭以後，就沒發生什麼有趣的事情了，於是他又回頭寫起他的孩提時代，當年的記憶湧上心頭，讓他熱淚盈眶。他小時候一直有點與眾不同，可惜沒有人真正了解他。就算他長大了也是一樣，這讓他在各方面都很不順利。姆米爸爸寫個不停，一想到其他人讀了他的故事會有多心疼，他便寫得更起勁，還不時告訴自己：「這絕對會讓他們滿意！」

此時，一顆熟透的李子掉到他的稿紙上，造成一塊黏答答的大污漬。

「好傢伙！」姆米爸爸大叫：「姆米托魯和史尼夫一定又回家了！」他轉頭準備好好責罵他們，誰知身後並沒有半個人影，只有長滿黃色莓果的茂密樹叢。他跳起來，藍色李子立刻如下雨般落在他全身。

此時，他注意到一根長滿翠綠枝椏的粗壯樹幹正慢慢往窗戶生長。

姆米爸爸見狀高喊：「大家快點起床！趕快過來！」

姆米媽媽突然驚醒，訝異的看到她的房間全是小白花，從天花板綠葉繁茂的花冠中垂掛下來。

「噢，真是漂亮！」她說：「這一定是姆米托魯的傑作，想要給我一個驚喜。」她小心翼翼的撥開床邊薄薄的花幕，站上地板。

「有人在嗎？」姆米爸爸還在牆的另

一邊大叫著：「開門啊！我出不去了！」

可是，姆米媽媽沒有辦法打開他的房門，因為上面長滿了爬藤。她不得已只好打破自己房門上的一塊玻璃，非常吃力的擠到外面。樓梯儼然是一小座森林，客廳則是不折不扣的熱帶叢林。

「我的天哪！」姆米媽媽說：「這顯然又是那頂帽子搞的鬼。」她坐下來，隨手摘了一片棕櫚葉來扇涼。

枝枒長入煙囪，伸出外面，像一層厚重的綠毯似的，覆蓋了整個姆米家。姆米托魯站在雨中，目不轉睛的看著這團綠色的大土丘。上面不斷開出蓓蕾，果實快速成熟，先是從綠轉黃，又再從黃轉紅。

「房子之前的確在這裡啊。」史尼夫說。

「是在裡面沒錯。」姆米托魯悲慘的說：「可是我們進不去，他們也出不來。」

司那夫金研究起綠土丘，發現上面沒有窗戶，也沒有門，只有一大堆野生植物。他拉起一根爬藤，它卻像橡膠一樣堅固，無法割除。而當他從旁經過時，爬藤好像故意繞了一個圈，捲起他的帽子丟到地上。

「又是魔法。」司那夫金低聲抱怨著：「這已經開始讓人厭煩了。」

此時，史尼夫跑到長滿植物的陽台，發現通往地窖的門還是開的，他高興的尖叫。姆米托魯急忙過來往黑洞裡看，隨即說道：「趁這些植物還沒把這裡擋住以前，趕快進來！」於是，他們一個接著一個爬進黑暗的地窖。

「哎唷！」走在最後的亨姆廉叫道：「我進不去。」

「你可以留在外面看守馬木路克魚，」司諾克說：「也可以採集房子上的植物，不是嗎？」

可憐的亨姆廉就這樣待在外面淋雨，其他人則摸索著爬上地窖樓梯。

「我們很幸運，」姆米托魯爬到樓上時說：「門是打開的。看來偶爾粗心也是有好處的。」

「那是我忘了關，」史尼夫尖聲說道：「所以你可以感謝我！」

他們推開門，令人吃驚的景象盡入眼簾：麝香鼠坐在樹枝分岔上吃著梨子。

「媽媽在哪裡？」姆米托魯說。

「她正在設法把你爸爸救出房間，」麝香鼠生氣的回答：「這就是蒐集植物的下場。我一直不怎麼信任那個亨姆廉。唉！但願麝香鼠天堂是個平靜的地方，因為我再也受不了這裡了。」

他們聽到樓上傳來斧頭砍伐木頭的巨響。接著「嘩啦」一聲，有人大聲歡呼。姆米爸爸成功得救了！

「媽媽！爸爸！」姆米托魯大叫著，一路擠過叢林，來到樓梯口，「我不在家的時候，你們做了什麼啊？」

「親愛的，」姆米媽媽回答：「我們一定又沒注意到霍伯魔王的帽子。過來，我在衣櫃裡發現了一棵醋栗樹。」

這真是個令人興奮的下午。他們開心的玩著叢林遊戲，由姆米托魯當泰山，司諾克小姐當女主角珍，史尼夫當泰山的兒子，司那夫金當黑猩猩奇塔，而司諾克則用橘子皮做了假牙[1]，爬上爬下假裝是壞人。

「我要把珍抓走。」他吼著，用尾巴將司諾克小姐拉到餐桌下面的洞裡。姆米托魯回到他們掛有水晶吊燈的家裡，看到眼前發生的事情，便縱身跳上爬藤，趕緊前去救人。然後，他站上碗櫥上方，發出泰山的招牌叫聲，珍和其他人也吼叫著回應。

「嗯，最糟糕的情況頂多就是這樣了，我應該感到欣慰。」麝香鼠發著牢騷。他一直躲在浴室裡的羊齒植物叢中，並用手帕包住頭，以免植物爬到耳朵裡。

然而，姆米媽媽卻毫不以為意。「好啊，好啊！」她說：「看來我們的客人都很開心。」

「希望如此，」姆米爸爸回答：「親愛的，請把香蕉拿給我。」

就這樣，一直到傍晚。沒有人在乎地窖的門是否長滿了植物，也沒有人想到可憐的亨姆廉。他還坐在外面看守著馬木路克魚，濕答答的長裙黏著雙腿。偶爾他會吃顆

1 作者注：去問你媽媽要怎麼做，她會知道的。

蘋果，或找朵小花來數數有多少雄蕊，但他多半只是唉聲嘆氣。

雨已經停歇，夜晚跟著降臨。就在太陽下山的時候，這個原來是姆米家的綠色土丘出現了變化。它開始枯萎，速度就像它當時的成長一樣快。果實一顆顆萎縮，掉到地上；花朵下垂，葉子捲起。整座房子再度充滿窸窣和破裂的聲音。

亨姆廉看了一會兒，便輕輕折下一根樹枝，它有如柴火一樣易斷。於是亨姆廉想到了一個點子，他蒐集了一大堆樹枝和樹幹，再到柴房拿火柴，在花園裡燃起一團熊熊營火。

他既滿意又開心，坐在火焰旁烘乾衣服。這時，他又想到另一個點子。他鼓起亨姆廉的超級力氣，拉著馬木路克魚的尾巴，搬到火焰上。這頓烤魚大餐是他嘗過最美味的食物。

就在此時，姆米一家和他們的朋友全擠過叢林來到陽台上。他們推開大門，看到樂不可支的亨姆廉已經吃掉七分之一的馬木路克魚。

「你這個大壞蛋！」司諾克說：「現在我要怎麼幫我的魚秤重啊？」

「你可以秤我的重量，然後再加上去。」亨姆廉提議，這真是他最快樂的一天。

「現在，我們來燒了這個叢林吧。」姆米爸爸說。於是大家合力拿出屋內的殘枝，燃起了姆米谷有史以來最大的營火。

一整條馬木路克魚在灰燼中燻烤著，還被從頭到尾吃個精光。只不過，許久之後，大家都還在爭辯著牠到底有多長：是從陽台樓梯口到柴房，還是只到百合花叢那麼長？

第六章

提著神祕行李箱的托夫斯藍、碧芙斯藍和莫蘭正式登場，司諾克還主持了一宗審判

八月初的某天清晨，托夫斯藍和碧芙斯藍越過山嶺，就在史尼夫發現霍伯魔王高帽的地方休息。托夫斯藍戴著一頂紅毛線帽，碧芙斯藍則提著一個大行李箱。他們長途跋涉，已經非常疲累了，於是休息了一會，往下望著姆米谷，看到銀樺和李樹間的姆米家冒出了裊裊炊煙。

「白煙。」托夫斯藍說。

「有**食煙**就有**物**。」碧芙斯藍點頭說。他們慢慢走下山，一面用托夫斯藍和碧芙斯藍特有的方式交談（別人聽不懂，但他們彼此了解）。

他們小心翼翼的踮著腳尖來到屋前，害羞的站在樓梯口。「你覺得我們可以進去嗎？」托夫斯藍問。「這要看情況而定，」碧芙斯藍說：「如果他們粗俗惡劣，也不要害怕。」

「我們該**門敲**嗎？」托夫斯藍提議：「但如果有人尖叫怎麼辦？」

就在這個時候，姆米媽媽頭探出窗外，大叫：「咖啡！」

托夫斯藍和碧芙斯藍嚇了一大跳，一不小心跌進儲藏馬鈴薯的地窖裡。

「噢！」姆米媽媽吃驚的說：「好像有老鼠跑進地窖裡了。史尼夫，去拿點牛奶給他們。」接著，她就看到樓梯口的行李箱。「老鼠還帶著行李箱啊，」姆米媽媽心想：「天哪！他們是來定居的。」於是她上樓找姆米爸爸，問他可不可以再加兩張很小很小的床。而掉進馬鈴薯堆裡的托夫斯藍和碧芙斯藍睜著大大的眼睛，害怕的等著即將降臨的命運。

「不管怎樣，我可以**食聞到物**。」托夫斯藍咕噥著說。

「有人來了，」碧芙斯藍小聲說：「**出要不聲**！」

地窖門「嘎」的一聲打開，史尼夫站在樓梯上面，一手提著燈籠，另一手拿著牛奶碟。

「嘿！你們在哪裡？」他叫道。

托夫斯藍和碧芙斯藍爬到更裡面，緊抱著彼此。

「你們要不要喝牛奶？」史尼夫說。

「不要**注起**任何**引意**。」碧芙斯藍小聲說。

「如果你們以為我會在這裡等上大半天，」史尼夫生氣的說：「那你們就錯了。我想你們肯定很不懂事。又老又蠢的鼠輩才會不懂得要從前門進來！」

「你才是**老蠢老愚鼠**！」托夫斯藍和碧芙斯藍出聲反擊，他們氣壞了。

「噢！他們是外國人，」史尼夫心想：「我最好去叫姆米媽媽過來。」於是他鎖上地窖門，跑去廚房。

「怎麼樣？他們喜歡喝牛奶嗎？」姆米媽媽問。

「他們講的是外國話，」史尼夫說：「沒人聽得懂在說什麼。」

「他們是怎麼說的？」正在和亨姆廉一起削梨子的姆米托魯問道。

「你才是**老蠢老鼠**！」史尼夫說。

姆米媽媽嘆口氣。「這年頭從哪裡來的人都有，」她說：「我要怎麼知道他們生日時想吃什麼口味的布丁，或睡覺喜歡幾個枕頭呢？」

「我們很快就能學會他們的語言，」姆米托魯說：「聽起來很簡單。」

「我想我聽得懂，」亨姆廉想了一下說：「他們是不是在說，史尼夫才是個愚蠢的老鼠？」

史尼夫紅著臉，傲慢的仰起頭。

「如果你真的那麼聰明，那你自己去跟他們交談。」他說。

於是，亨姆廉拖著笨重的腳步下樓來到地窖，親切的叫著：「歡迎來到**家米姆**！」

托夫斯藍和碧芙斯藍從馬鈴薯堆中探頭出來看著他。

「**牛**這裡有**奶**。」亨姆廉繼續說。

他們一聽便跳上樓梯，來到客廳。

史尼夫看著他們，發現他們的個子比他還要嬌小許多，立刻態度軟化，有禮貌的說：「你們好。很高興認識你們。」

「謝謝。**是**也**你**。」托夫斯藍說。

「我**食聞到物**，是嗎？」碧芙斯藍詢問。

「他們這會兒又是說什麼？」姆米媽媽問。

「他們餓了，」亨姆廉說：「但他們似乎還在生史尼夫的氣。」

「那麼，請轉達我的讚美。」史尼夫憤怒的說：「告訴他們，我這輩子從來沒看過兩張那麼像魚的臉。我要出去了。」

「**脾夫史尼氣不好**，」亨姆廉說：「**在不要意**。」

「無論如何，請進來喝杯咖啡吧。」姆米媽媽緊張的說。她指引托夫斯藍和碧芙斯藍來到陽台。亨姆廉則緊跟在後，他對於自己的翻譯能力非常自豪。

*

托夫斯藍和碧芙斯藍就這樣在姆米家住了下來。兩人不怎麼說話，總是手牽著手，而且視線絕不離開帶來的行李箱。他們在抵達的第一天傍晚，就開始心神不寧，發狂般的上下樓好幾次，最後躲在客廳的地毯下面。

「**回怎麼事**？」亨姆廉問。

「莫蘭要來了！」碧芙斯藍小聲說。

「莫蘭？那是誰？」亨姆廉問，他也開始有點害怕了。

「**可大、巨忍又殘怕！**」碧芙斯藍說：「鎖好門，別讓她進來。」

亨姆廉跑去找姆米媽媽，告訴她這個可怕的消息。

「他們說，有個巨大、殘忍又可怕的莫蘭要來了。我們今晚得鎖上所有門。」

「除了地窖的門以外，但其他的門都沒有鑰匙啊！」姆米媽媽語帶擔心的說：「我的天哪！外國人每次都這樣。」她趕緊去找姆米爸爸商量。

「我們必須準備武器，把家具擋到門前。」姆米爸爸宣布：「這樣的巨大莫蘭很危險。我要在客廳設定警鈴，托夫斯藍和碧芙斯藍可以睡在我的床底下。」

不過，托夫斯藍和碧芙斯藍已經鑽進書桌抽屜裡，不願意再出來。

姆米爸爸只得搖搖頭，跑到柴房去拿他的短槍。

夜晚降臨，螢火蟲帶著他們的小小火把現身，花園裡到處都是光滑的黑影。強風在樹林裡淒厲的哭嚎，讓走在外面的姆米爸爸不寒而慄。要是莫蘭躲在樹叢後面，他該怎麼辦呢？她究竟長得什麼樣子，還有，她到底有多巨大呢？他一踏進家門，便把沙發搬到門前，問口說：「我們要開燈一整晚。你們大家都要提高警覺，還有，司那夫金要進屋裡睡。」真是非常刺激。之後，姆米爸爸敲敲書桌抽屜：「我們會保護你們！」可是裡面沒有半點回應，於是他拉開抽屜，擔心托夫斯藍和碧芙斯藍該不會已經被抓走了。還好，他們安詳的睡著，手提箱就放在一旁。

「好了，我們去睡吧！」姆米爸爸說：「不過，大家都要把武器準備好。」

所有人在一片嘈雜聲中回到自己的房間，姆米家慢慢安靜了下來，只剩下客廳桌上的煤油燈孤獨的燃燒著。

鐘在午夜時分又響了一聲，兩點之後，麝香鼠醒了，他想下床，於是睡眼惺忪、搖搖晃晃的走下樓，發現擋在門口的沙發。「真是天才！」他咕噥了一聲，想要拉走它，想不到觸動了姆米爸爸設好的警鈴。

頃刻間，整棟房子充滿了尖叫、打擊聲和腳步聲，大家紛紛拿著斧頭、鏟子、耙子、石頭、小刀或剪刀跑下樓來，盯著麝香鼠。

「莫蘭在哪裡？」姆米爸爸問。

「噢，只有我啦，」麝香鼠惱怒的說：「我想出去看看星星，完全忘了你們那愚笨的莫蘭。」

「那麼，請立刻出去。」姆米托魯說：「不要再來一次了。」說著便打開門。

這個時候，他們看到了莫蘭。每個人都看到她了。她一動也不動的坐在階梯下面的沙地，正用無神的圓眼睛盯著他們。

她的體積並不特別大，看起來也不怎麼危險，可是，你可以感覺到她很邪惡，而且永遠趕不走。這才可怕。

沒有人有勇氣主動攻擊。她又坐了一會兒，才慢慢滑進黑暗中。但她坐過的地面卻結冰了。

司諾克關上門之後，還忍不住顫抖。

「可憐的托夫斯藍和碧芙斯藍！」他說：「亨姆廉，你去看看他們醒了沒。」

他們醒了。

「她走了嗎？」托夫斯藍問。

「是的，現在你們可以**安睡的心**了。」亨姆廉回答。

托夫斯藍嘆了一口氣：「感謝老天爺！」於是，他們把行李箱拖進抽屜最深處，繼續入睡。

「我們可以回去睡覺了嗎？」姆米媽媽放下斧頭，問道。

「可以啊，媽媽，」姆米托魯說：「我和司那夫金負責站崗，直到太陽升起。不過，為了預防萬一，請將妳的皮包放在枕頭下。」

就這樣，他們倆坐在客廳玩牌，一直玩到早上。那晚莫蘭沒有再出現。

*

隔天早上，亨姆廉急忙跑到廚房，他說：「我剛剛和托夫斯藍與碧芙斯藍談了一下。」

「怎樣，這次又是什麼事？」姆米媽媽嘆口氣問道。

「莫蘭要的是他們的行李箱。」亨姆廉說明。

「真是個大壞蛋！」姆米媽媽叫道：「竟然想偷他們唯一擁有的小小物品！」

「是啊，我也是這麼想，」亨姆廉說：「但這件事並不單純，那似乎本來就是莫蘭的行李箱。」

「嗯，」姆米媽媽附和道：「這絕對會讓情況變得更複雜。我們去找司諾克，看看他有什麼好主意。」

司諾克對這件事非常感興趣。「這是一宗很不尋常的案子，」他說：「我們必須開個會。請大家三點在紫丁香花叢集合，一起討論這個問題。」

那是個溫暖舒適的下午，充滿著花香和採花的蜜蜂，夏末的深暗色彩將整座花園妝點得美極了。

麝香鼠的吊床掛在兩棵樹叢之間，上面寫著：

莫蘭的檢察官

司諾克戴著假髮，在箱子前面坐下來，大家都看得出來他是法官。他對面坐著托夫斯藍和碧芙斯藍，他們正坐在被告席上吃櫻桃。

「我本來想要當檢察官。」史尼夫說，他還沒忘記他們曾罵他是愚蠢的老鼠。

「這樣的話，我來當被告律師。」亨姆廉說。

「那我要當什麼？」司諾克小姐問。

「你可以當姆米家的證人，」她哥哥說：「司那夫金可以當法庭書記官。但你可要好好的寫喔，司那夫金。」

「莫蘭怎麼沒有原告律師？」史尼夫問。

「不需要，」司諾克回答：「因為莫蘭有正當理由。各位都清楚了嗎？好的，審判開始。」

他拿著鎚子在箱子上敲了三次。

「**聽你能得懂**嗎？」托夫斯藍問。

「**大不懂**。」碧芙斯藍說完，把櫻桃核一口噴到法官臉上。

「沒有我的許可，你們不能說話。」司諾克說：「只能回答是或不是，其他都不能說。行李箱是你們的還是莫蘭的？」

「是。」托夫斯藍說。

「不是。」碧芙斯藍說。

「他們說話互相矛盾！記下來。」史尼夫尖叫。

司諾克敲打箱子。「安靜！」他大叫：「現在我再問最後一次，行李箱是誰的？」

「是我們的！」托夫斯藍說。

「現在他們又說是他們的，」亨姆廉沮喪的呻吟：「早上他們明明就不是這麼說的。」

「這樣的話，我們就不需要還給莫蘭，」司諾克鬆了一口氣說：「不過，難得我大費周章安排了這場審判，真可惜。」

托夫斯藍走向前對亨姆廉講悄悄話。「他們說，」他告訴大家：「只有行李箱裡的東西是屬於莫蘭的。」

「哈！」史尼夫說：「我絕對相信他們。現在，事情已經很清楚了，莫蘭應該要拿回她的內容物，而鯡魚臉則保有他們的舊行李箱。」

「一點都不清楚！」亨姆廉大膽的叫著：「問題不在於內容物是誰的，而是誰才有最大的權利擁有那些內容物。東西要在它該在的地方。你們大家都看過莫蘭了？我問你們，她看起來像是有權獲得內容物的人嗎？」

「你說得很正確，」史尼夫驚訝的說：「亨姆廉，你真是聰明。但另一方面，想想看，莫蘭有多麼寂寞？沒有人喜歡她，她也討厭每個人。行李箱的內容物也許是她唯一僅有的，現在你們連它也要奪走，讓她在夜晚一個人忍受孤獨和被遺忘的滋味。」史尼夫越說越激動，聲音也顫抖了起來。「托夫斯藍和碧芙斯藍騙走了她唯一的財產。」他擤了擤鼻子，再也說不下去了。

司諾克鎚子一敲。「莫蘭不需要辯護，」他說：「你說的都是情感面，亨姆廉也是。現在傳證人！請說！」

「我們很喜歡托夫斯藍和碧芙斯藍，」姆米家的證人說：「我們從一開始就不喜歡莫蘭，如果讓她拿回自己的東西，將是一大憾事。」

「真理就是真理，」司諾克嚴肅的說：「你們要公平。尤其是，托夫斯藍和碧芙斯藍對於對錯的定義和我們不同。他們天生如此，我們也無能為力。檢察官，你有什麼話說？」

可是麝香鼠已經在吊床上睡著了。

「好吧，好吧，」司諾克說：「反正我確信他不會有什麼意見。在我宣判之前，大家都充分表達意見了嗎？」

「容我打斷一下，」姆米家的證人說：「如果我們能知道行李箱裝的是什麼，事情不是會簡單一點嗎？」

托夫斯藍又說了悄悄話，亨姆廉點點頭。「那是祕密，」他說：「托夫斯藍和碧芙斯藍覺得裝在行李箱裡的是全世界最美麗的東西，可是，莫蘭卻只認為它是最昂貴的東西。」

司諾克猛點頭，還皺著眉頭。「這是個很棘手的案子，」他說：「托夫斯藍和碧芙斯藍的想法沒有錯，只是行為錯了。真理就是真理。大家安靜！我得好好思考一下。」

陽光烘烤著整座花園，紫丁香花叢裡除了蜜蜂的嗡嗡聲之外，再也聽不到其他聲音。

突然間，一陣涼風掃過草地，太陽躲進了雲層後面，花園黯淡了下來。

「怎麼了？」司那夫金停筆問道。

「她又來了。」司諾克小姐小聲說。

只見莫蘭坐在結冰的草地上，正看著他們。她仔細望著托夫斯藍和碧芙斯藍，開始發出低吼，並慢慢向他們逼近。

「**她制止！她制止！**救命啊！救命啊！**她擋住！**」這兩個人尖叫著，嚇得不知所措。

「站住，莫蘭！」司諾克說：「我有事情要告訴妳！」

莫蘭一聽便停下了腳步。

「我想通了，」司諾克繼續說：「妳是否同意由托夫斯藍和碧芙斯藍買下行李箱的東西？如果同意的話，妳打算開價多少錢？」

「很高。」莫蘭冷冰冰的說。

「我在溜溜島上的一整座金山夠不夠？」司諾克說。

「不夠。」莫蘭用同樣冰冷的語氣說。

這時姆米媽媽注意到氣溫下降，決定進屋裡拿她的披肩。她越過花園時，看到莫蘭經過的地方全都結了冰，一直延伸到陽台。突然間，她想到了一個辦法。她拿著霍伯魔王的帽子回到審判現場，把帽子放在草地上，她說：「莫蘭！這是全姆米谷最珍貴的東西，妳知道曾經有哪些東西從這帽子裡長出來嗎？小紅莓汁和果樹，還有最美麗的小飛雲。這是全世界獨一無二的霍伯魔王高禮帽！」

「示範給我看！」莫蘭不客氣的說。

於是，姆米媽媽把幾顆櫻桃丟進帽子裡，大家全部屏息以待。

「希望它們不會變成什麼麻煩的東西。」司那夫金小聲的對亨姆廉說。幸好他們運氣不錯。莫蘭往帽子裡面一瞧，是一把紅寶石。

「瞧，」姆米媽媽開心的說：「想想看，如果放南瓜進去，會變成什麼！」

莫蘭看看帽子，又望向托夫斯藍和碧芙斯藍，然後又看著帽子。你可以看得出她正絞盡腦汁思考。突然間，她奪走帽子，一句話也沒說，便如一股冰冷的灰影一般竄入森林裡去。從此以後，再也沒有人在姆米谷遇到她，也沒有人再看到霍伯魔王的帽子。

她一走，周遭的色澤立刻變得溫暖，花園也再度縈繞著夏天的聲響和氣味。

「感謝老天爺，我們擺脫了那頂帽子，」姆米媽媽說：「它總算還有點用處。」

「可是，那雲朵很有趣。」史尼夫說。

「還有叢林泰山的遊戲。」姆米托魯傷心的補充道。

「**天謝地謝那廢用的沒物！**」托夫斯藍一手提著行李箱，一手牽著碧芙斯藍，話一說完，便雙雙走進屋內，留下其他人呆呆的望著他們的背影。

「他們說了些什麼？」

「這個嘛……差不多就是『午安』的意思。」亨姆廉說。

第七章

這一章很長，司那夫金獨自遠行，神祕的行李箱終於揭曉，姆米媽媽如何找到她的皮包，還辦了派對慶祝，而霍伯魔王終於來到了姆米谷八月進入了尾聲，貓頭鷹開始夜啼，蝙蝠則無聲的飛越過花園。姆米樹林擠滿了螢火蟲，海水也不安的湧動。空氣中瀰漫著盼望和莫名的悲傷，又大又黃的滿月高掛在天空。姆米托魯一向最喜歡夏末的最後幾個禮拜，但他不清楚為什麼。

風與海的氣息已經改變了，帶來一種全新的感受。靜止的樹木都在等待，姆米托魯不確定是否有怪事要發生。他已經清醒，只是還躺在床上，看著天花板，想著陽光，現在一定還很早。

他轉頭一看，司那夫金的床是空的。就在這個時候，他聽到窗戶下方傳來祕密暗號——一長聲、兩短聲的口哨，意思是：「你今天有什麼計畫？」

姆米托魯一聽便跳下床，往窗外看。太陽還沒照到花園，下面看起來十分涼快宜人。司那夫金正在那裡等著。

「呀呼！」姆米托魯壓低音量，以免吵到別人，歡呼完便從繩梯爬下去。

兩人互道早安後，就一起漫步到河邊，坐在橋上，在河水上方盪著雙腳。這時，太陽已經爬到樹梢，剛好照著他們的眼睛。

「初春的時候，我們兩個也是這樣坐著，」姆米托魯說：「你記不記得，那是從冬眠醒來的第一天。其他人當時都還在睡覺呢。」

司那夫金點點頭。他正忙著用蘆葦稈做出許多小船，讓它們在水上漂流。

「它們會漂到哪裡？」姆米托魯問。

「到我去不了的地方。」司那夫金回答。一艘接著一艘的小船順著河流盤旋而下，消失在視線之外。

「裝滿肉桂、鯊魚牙齒和祖母綠。」姆米托魯說。

「你剛剛講到計畫，」他繼續說：「你自己有沒有什麼計畫？」

「有啊，」司那夫金說：「我有個計畫，但這是個孤獨的計畫，你懂吧。」

姆米托魯注視著他，許久之後才說：「你想要離開了。」

司那夫金點點頭，兩人就這樣在水上盪著雙腳，什麼話也沒說，看著腳下的河水流到各個司那夫金渴望獨自前往的異鄉。

「你什麼時候出發？」姆米托魯問。

「現在。馬上！」司那夫說完，將手上剩下的三艘蘆葦船一起丟進水裡，然後從橋上跳下來，嗅聞早晨的空氣。這是個適合啟程的好日子，陽光下的山巒向他招手，曲折的山路在另一頭消失後就可以抵達新的山谷，接著又是新的山頭……

姆米托魯站在一旁，看著司那夫金收拾他的帳篷。「你會離開很久嗎？」他問。

「不，」司那夫金說：「春天降臨的第一天，我就會到你的窗戶下面吹口哨。一年很快就會過去的！」

「是啊，」姆米托魯說：「那麼，再見了！」

「再見！」司那夫金說。

姆米托魯獨自留在橋上，看著司那夫金的身影越來越小，最後終於消失在銀樺和李樹林裡。過了一會兒，他聽到口琴的樂聲，吹奏〈所有的小動物都應該在尾巴上繫著蝴蝶結〉，他知道他的朋友非常快樂。他又等了一會兒，聽著樂聲越來越細微，到最後完全聽不見了，這才快步的穿過沾滿露水的花園，回到屋裡。

在陽台階梯上，他看到托夫斯藍和碧芙斯藍在陽光下抱膝而坐。

「**托魯米姆**，早安。」托夫斯藍說。

「**斯藍碧芙**和托夫斯藍，早安。」姆米托魯回答，他現在已經會說托夫斯藍和碧芙斯藍的奇怪語言了。

「你在哭嗎？」碧芙斯藍問。

「沒有啊，」姆米托魯說：「只是司那夫金離開了。」

「噢，天哪！**可真惜！**」托夫斯藍同情的說：「去**鼻碧芙斯藍的親子**，會不會讓你打起精神？」

於是，姆米托魯溫柔的親了親碧芙斯藍的鼻子，但他並沒有感到比較快樂。

他們看了，交頭接耳了好一段時間，最後，碧芙斯藍嚴肅的宣布：「我們決定要讓你看裡面的東西。」

「行李箱裡的嗎？」姆米托魯問。

托夫斯藍和碧芙斯藍迅速的點點頭。「跟我們來！」他們說完，便急忙鑽進籬笆底下。

姆米托魯跟在兩人身後，發現了他們在灌木叢裡最茂密處的藏身地點。這裡鋪上了天鵝羽毛，還用貝殼和白色的小石頭加以裝飾，四周昏暗，人們經過籬笆時，絕不會想到另外一面有個祕密藏身處。托夫斯藍和碧芙斯藍的行李箱就放在一張草蓆上。

「那不是司諾克小姐的草蓆嗎？」姆米托魯注意到，「她昨天還在找它呢。」

「噢，是的，」碧芙斯藍開心的說：「讓我們找到了，不過，她當然還不知道。」

「好吧，」姆米托魯說：「你們要不要讓我看行李箱裡的東西呢？」

他們高興的點點頭，分別走到箱子兩邊，嚴肅的說：「**打備了好，準開！**」

行李箱隨即應聲打開。

「我的老天爺啊！」姆米托魯大叫。一道柔和的紅光照亮了整個藏身處，在他眼前是像豹頭一樣大的紅寶石，在陽光下璀璨奪目，彷佛正在燃燒的火焰。

「你**常非**喜歡它嗎？」托夫斯藍問。

「是的。」姆米托魯含糊的說。

「現在你不會再哭了，對不對？」碧芙斯藍說。

姆米托魯搖搖頭。

托夫斯藍和碧芙斯藍高興的鬆了一口氣，坐下來對著這顆珍貴的寶石沉思。他們什麼話也沒說，只是全神貫注的看著它。

紅寶石一直在變色，起初顏色很淡，突然間閃出一抹粉紅光芒，就像旭日從白雪覆蓋的山頭升起一樣。然後，又從中央放射出深紅色的閃光，恍若火焰中的一大朵黑色鬱金香。

「噢！要是司那夫金能看到它，該有多好！」姆米托魯嘆口氣，又繼續站在那裡。他佇立許久，隨著時間過去，思緒越來越寬廣。

最後，他說：「它太美了。我改天可以再回來看它嗎？」

可是托夫斯藍和碧芙斯藍都沒有答話，於是他又從籬笆底下爬回去，陽光照得他有點暈眩，只好先在草地上坐下來，休息一下。

「我的老天爺啊！」他又說了一次：「我敢保證那就是霍伯魔王到月球火山口尋找的國王紅寶石，如果不是，我就吃掉我的尾巴！真沒想到，這奇怪的兩個人一直把它放在行李箱裡！」司諾克小姐此時走進花園，在他身旁坐下來，可是姆米托魯正陷入沉思中，根本沒注意到她。過了一會兒，她才小心翼翼的戳了戳他尾巴上的毛球。

「噢！是妳啊！」姆米托魯跳了起來。

司諾克小姐害羞的微笑。「你看到我的頭髮了嗎？」她拍著自己的頭問。

「好吧，我們走了。」姆米托魯失神的說。

「你是怎麼了？」她關心的問道。

「我親愛的小玫瑰花瓣，我沒辦法解釋清楚，就算對妳也一樣。但我的心情很沉重，是這樣的，司那夫金走了。」

「噢，不！」司諾克小姐說。

「是真的。他先跟我道別，」姆米托魯回答：「他沒有叫醒其他人。」

就這樣，兩人在草地上坐了一陣子，陽光逐漸溫暖他們的背。史尼夫和司諾克從階梯上走下來。

「你們好啊，」司諾克小姐說：「你們知道司那夫金往南走了嗎？」

「什麼，他居然不帶我一起出發？」史尼夫氣憤的說。

「每個人偶爾都需要獨處，」姆米托魯說：「你還太小了，不能理解。其他人都上哪去了呢？」

「亨姆廉摘香菇去了，」司諾克說：「麝香鼠將吊床拿進屋裡，因為他覺得晚上開始變冷。而姆米媽媽今天心情很不好。」

「是生氣還是難過？」姆米托魯吃驚的問。

「我想是難過多一點。」司諾克回答。

「那麼，我得立刻去找她。」姆米托魯說。他看到姆米媽媽坐在客廳沙發上，整個人顯得非常不開心。

「媽媽，怎麼了？」他問道。

「親愛的，發生了可怕的事情，」她說：「我的皮包不見了。沒有了皮包，我什麼都不能做。我到處都找過了，就是找不到。」

於是，姆米托魯召集大家一起尋找，除了麝香鼠以外，所有人都出動了。「所有不必要的東西當中，」麝香鼠說：「你媽媽的皮包是最不必要的，畢竟，無論她有沒有皮包，時間和年月還是一樣變遷。」

「這不是重點，」姆米爸爸憤慨的說：「我得承認，姆米媽媽不帶皮包，讓我感到非常怪異。我從來沒看過她不拿皮包！」

「裡面有很多東西嗎？」司諾克問。

「沒有，」姆米媽媽說：「只有一些應急的物品，像是乾襪子、糖果、繩子和止痛藥粉等等。」

「如果我們找到，會有什麼獎賞呢？」史尼夫急切的問。

「幾乎什麼都行！」姆米媽媽說：「我會為你們辦個大派對，你們可以只吃蛋糕配茶，大家都不用洗澡，也不用早睡！」

話一說完，大家便加倍努力尋找姆米媽媽的皮包。他們找遍了整棟房屋，查看了地毯下面和床鋪下面、爐灶裡和地窖裡、閣樓上和屋頂上。他們還搜索了整座花園、柴房和河邊。就是不見皮包的蹤影。

「也許妳拿著它爬樹，或是帶著它洗澡了？」史尼夫問。

可是姆米媽媽只是搖搖頭，悲嘆著：「噢，真是不開心的一天！」

司諾克建議在報紙上刊登尋物啟事，大家也決定照作。於是，隔天的報紙上有兩大頭條：

司那夫金離開姆米谷
黎明時分祕密啟程

旁邊稍微更大的字體寫著：

姆米媽媽的皮包不見了
毫無線索
持續搜尋
尋獲者將獲得最盛大的八月派對

新聞一登出，樹林裡、山丘上、大海邊都聚集了大批人馬，就連體積最小的森林鼠也加入尋找行列。只有老人和小孩留在家裡，整座山谷頓時熱鬧不已。

「我的天哪！」姆米媽媽說：「真是大騷動！」不過，她私底下倒是非常高興。

「大家在**小驚大怪**什麼啊！」托夫斯藍問。

「親愛的，當然是為了我的皮包啊！」姆米媽媽說。

「黑色的那個嗎？」托夫斯藍問：「妳無時無刻都不離身，還有**口個四袋**的那個皮包？」

「你說什麼？」姆米媽媽反問。她的情緒太亢奮，沒聽清楚他們在說什麼。

「有**口個四袋**的黑色皮包？」托夫斯藍又說了一次。

「沒錯，就是它，」姆米媽媽說：「親愛的，去玩吧，不用為我擔心。」

「你覺得怎麼樣？」他們走入花園後，碧芙斯藍問道。

「我不忍心看到她悲傷。」托夫斯藍說。

「我想我們必須**歸它還**，」碧芙斯藍嘆口氣說：「**可真是惜**！睡在那些**口小袋**裡真舒服。」

於是，托夫斯藍和碧芙斯藍來到他們的祕密藏身處，趁著沒人發現，將姆米媽媽的皮包拉出玫瑰花叢。此時正好是十二點，兩人一起拖著皮包穿越花園。老鷹看到這兩個小小身影，立刻把消息傳遍姆米谷。很快的，新聞快報宣布：

姆米媽媽的皮包被托夫斯藍和碧芙斯藍尋獲。姆米家令人感動的場景。

「是真的嗎？」姆米媽媽忍不住大叫：「太棒了！你們在哪裡找到的？」

「在**樹塊玫**上，」托夫斯藍先開口：「用來睡覺很棒……」

但此時恭喜的人潮已經湧入，害得姆米媽媽一直不知道原來她的皮包被托夫斯藍和碧芙斯藍拿去當床鋪了（也許這樣比較好）。

找到皮包之後，大家心裡想的，全是當晚的盛大八月派對，一切必須在月亮升起之前準備就緒。準備一場大家都會出席的好玩派對，是件很棒的事情！就連麝香鼠也顯露出興趣來。

「你們應該準備很多張桌子，」他說：「小桌子和大桌子得放在出其不意的角落。在這麼盛大的派對裡，沒有人會想一直坐在同一個地方。坐立不安的情況恐怕會比平常來得多。你們必須先送上最美味、最高級的食物，至於之後吃什麼，就不那麼重要了，反正大家都會很開心。不要用歌唱來打擾客人，讓他們自己表演節目。」

麝香鼠說完這一番令人吃驚的至理名言之後，就回到吊床上，繼續讀他那本主題為「萬事都沒必要」的書。

「我該戴些什麼呢？」司諾克小姐緊張的問姆米托魯：「藍色的羽毛髮飾？還是那頂珍珠王冠呢？」

「羽毛好了。」他說：「只要戴在耳朵和腳踝就好，也許再插上一、兩根在尾巴上。」

司諾克小姐向他道謝後，便立刻跑開，還在走廊上撞倒了抱著紙燈籠的司諾克。他生氣的咒罵他沒用的妹妹，便大步走到花園，開始在樹上掛起燈籠。

此時，亨姆廉正在適當的地方架設煙火。他們準備了「孟加拉」、「藍星雨」和「銀色噴泉」等煙火，還有會噴出星星的火箭煙火。

「這真是太刺激了！」亨姆廉說：「我們能不能先點燃一支試試看？」

「白天看不到煙火。」姆米爸爸說：「不過，如果你想要的話，可以拿個砲筒到放置馬鈴薯的地下室試試看。」

姆米爸爸在陽台上忙著往大木桶裡注入調酒。他先放進杏仁和葡萄乾、蓮花汁、生薑、糖、豆蔻花和一、兩顆檸檬，最後再加入幾杯草莓酒，增加它的風味。

他邊料理邊嘗味道……簡直美味極了！「只有一個遺憾，」史尼夫有感而發的說：「司那夫金不在就沒有音樂了。」

「我們改用收音機吧，」姆米爸爸說：「你等著看，一切都會很順利的。我們會將第一杯酒獻給司那夫金。」

「那第一杯酒要獻給誰？」史尼夫滿懷希望的說。

「當然是托夫斯藍和碧芙斯藍。」姆米爸爸說。

準備工作越來越熱烈，整座山谷的居民陸續從樹林、山上和海邊過來，他們帶著食物和飲料，排放在花園的桌子上。一大堆色彩鮮豔的水果和三明治拼盤擺放在大桌子上，玉蜀黍、整串的莓子、鋪著葉子的堅果則放在樹下的小桌子上。因為洗臉盆不夠大，姆米媽媽還得把煎鬆餅用的油倒在浴缸裡，再從地下室抱來十一罐大罐的小紅莓果汁。稍微遺憾是，第十二罐被亨姆廉的砲筒炸破了，可是沒關係，托夫斯藍和碧芙斯藍已經舔乾淨了。

等到天色暗得可以點燈籠時，亨姆廉便敲鑼，宣告派對開始。

托夫斯藍和碧芙斯藍坐在最大的桌子上。「想想看！」他們說：「大家為了我們那麼**麻動騷煩**！真令人搞不懂。」

因為所有人都盛裝出席，一開始氣氛非常拘謹，覺得有點奇怪又不自在。大家互相鞠躬作揖，紛紛說著：「沒下雨真是太好了，沒想到皮包居然找到了。」可是沒有人敢坐下來。

這時，姆米爸爸講了一段簡短的開場白，他先說明為什麼要辦這場派對，再謝謝托夫斯藍和碧芙斯藍，接著才講到在這難得的八月夜晚，大家都要盡興，最後居然開始滔滔不絕的提起當年的事。這時，姆米媽媽知道她該上場，於是便推著一整車的鬆餅上台，大家熱烈鼓掌。

現場一下子就熱絡起來，沒多久，派對就進入了高潮。整座花園，事實上，是整座山谷，全都是閃著螢火蟲光芒的小桌子，燈籠在樹上前後搖晃，像是晚風輕輕吹拂著的美麗果實。

火箭煙火氣勢磅礡的沖上八月夜空，爆破在白色星雨上方，然後慢慢落向整座山谷。小動物全都抬起鼻子，一面欣賞星雨煙火，一面歡呼喝采。噢，這真是太美了！

接著，藍星雨紛紛掉落，孟加拉煙火則在樹梢盤旋。往下看到花園小徑，姆米爸爸正推著一大桶紅色調酒過來。大家迫不及待的拿著杯子一湧而上，姆米爸爸為每個人盛了調酒，有杯子、碗、樺樹皮馬克杯、貝殼，甚至還有人直接用葉子捲成圓筒當杯子。

「祝托夫斯藍和碧芙斯藍身體健康！」所有姆米谷的居民齊聲說道：「嗨！嗨！萬歲！嗨！嗨！萬歲！嗨！嗨！萬歲！」

「**開天每心**！」托夫斯藍對碧芙斯藍說，還為了彼此的健康乾杯。

此時，姆米托魯從椅子上站起來：「現在，我要敬今晚獨自往南旅行的司那夫

金，我確信他現在一定像我們一樣快樂。讓我們祝福他找到好的紮營地點，並且有愉悅的心情！」

所有人都舉杯。

「你講得真好。」司諾克小姐在姆米托魯坐下來時跟他說。

「噢，這個嘛……」他不好意思的回答：「當然，我事先有準備啊。」

接著，姆米爸爸將收音機搬到花園裡，轉到美國的舞曲電台，頓時，現場所有人舞著、跳著、踏著、扭著、轉著。樹上擠滿了跳舞的精靈，就連笨手笨腳的老鼠也來到舞池，不顧一切的踩著舞步。

姆米托魯對司諾克小姐一鞠躬：「我有榮幸請妳跳舞嗎？」但他抬起頭時，看到了樹梢明亮的光芒。

是八月的月亮。

深橘色月亮升起，巨大得超出想像，周遭還有一圈光暈，簡直就像個罐頭水蜜桃，將整座姆米谷籠罩在神祕的光影當中。

「你們看！今晚甚至看得到月亮上的火山口。」司諾克說。

「那裡一定非常荒涼，」姆米托魯說：「可憐的霍伯魔王還在上面尋找！」

「如果我們有望遠鏡，不知道是不是能看見他？」司諾克小姐問。姆米托魯附和著，但也沒忘了提醒她共舞一曲。於是，派對持續進行，氣氛更加熱鬧。

「你累了嗎？」碧芙斯藍問。

「還沒。」托夫斯藍說：「我只是在想，大家都對我們那麼好，我們必須**回些事情做報**。」兩人便交頭接耳，互相點點頭後又繼續說悄悄話。之後，他們回到祕密藏身處，合力搬出行李箱。

＊

時間早已過了午夜十二點，整座山谷突然覆蓋著粉紅色的光線。大家都停下舞步，以為又有新的煙火，卻發現只不過是托夫斯藍和碧芙斯藍打開了行李箱。國王紅寶石在草地上閃著光芒，比以前更璀璨奪目，讓煙火、燈籠，甚至月光，統統都相形失色。所有人圍著這顆閃亮的寶石，敬畏得一句話也說不出來。

「真想不到，世界上居然有那麼美麗的東西！」姆米媽媽讚嘆著。

史尼夫大大的嘆了一口氣：「托夫斯藍和碧芙斯藍真是太幸運了！」

然而，這個時候，國王紅寶石就像黑暗地球的紅眼睛一樣大放光芒，連在月亮上的霍伯魔王都看到了。他原本已經放棄尋找，又累又傷心的坐在火山口，他的黑豹則在一旁睡覺。他一眼就看出這道從地球射出的紅光是什麼，那便是他已經找了幾百年、全世界最大的紅寶石——國王紅寶石！他立刻站起身，張著炯炯有神的雙眼，戴上手套，把斗篷綁在肩上。他丟開其他珠寶，現在滿心只想搶到這唯一的珍貴寶石，不到半個小時，他就可以握在手裡。

黑豹載著主人一飛沖天，在太空裡橫衝直撞，甚至比光速還要快。呼嘯而過的流星擋住他們的去路，星團像風雪一樣鼓動著他的斗篷，在他眼中，地球那道紅色光芒似乎燃燒得更熾烈。他直接往姆米谷衝去，黑豹縱身一躍，平穩無聲的降落在寂寞山的山巔。

姆米谷的居民依舊目瞪口呆的坐在國王紅寶石前。在它火焰般的光芒裡，他們似乎都看到自己曾經做過、渴望長久記得、想要再體驗一次的事情。姆米托魯回憶起了他和司那夫金的午夜漫步，司諾克小姐想著她值得驕傲的戰利品木雕皇后。姆米媽媽則是想像自

己再度躺在溫暖的沙灘上，透過搖曳生姿的海石竹，看著美麗的天空。

每個人都陷入遙遠的記憶當中，直到一隻有著紅眼睛的小白老鼠從林中出現，直接往國王紅寶石衝過來，大家才都嚇了一跳。老鼠後面還跟著一隻全身漆黑的貓，正在草地上伸展著四肢。

就大家所知，小白老鼠不曾住過姆米谷，黑貓也一樣。

「貓咪，過來！」亨姆廉說。可是黑貓閉上眼，根本懶得搭理他。

此時，木鼠說：「表親，晚安！」但小白鼠只是悶悶不樂的注視著她。姆米爸爸端來兩個杯子，想請新朋友喝杯木桶裡的調酒，但他們並不領情。

某種莫名的沮喪氣氛傳遍了姆米谷。人們交頭接耳，搞不清楚狀況。托夫斯藍和碧芙斯藍越來越緊張，急忙將紅寶石放進行李箱，並蓋上蓋子。正當他們準備搬走它的時候，小白鼠用後腿站起來，開始吼叫。他變得幾乎跟姆米家一樣大，原來他就是戴著白手套的霍伯魔王。他變得夠大以後，便坐在草地上，看著托夫斯藍和碧芙斯藍。

「走開，你這**老陋的醜人**！」托夫斯藍說。

「你們是在哪裡找到國王紅寶石的？」霍伯魔王問道。

「**事不你的關**！」碧芙斯藍說。

大家從來看過托夫斯藍和碧芙斯藍那麼勇敢。

「我已經找了它三百年，」霍伯魔王說：「其他東西我都不要了。」

「我們也是。」托夫斯藍說。

「你不可以把它從他們手上搶走，」姆米托魯說：「他們是正大光明的和莫蘭交換來的。」但姆米托魯沒提到他們也是用霍伯魔王的帽子換來的。反正，他似乎已有一頂新帽子了。

「給我一點吃的東西，」霍伯魔王說：「這真是太令我生氣了。」

姆米媽媽馬上拿來鬆餅和果醬，給了他滿滿一大盤。

趁著霍伯魔王吃東西的時候，他們大膽的靠近了一點。會吃鬆餅和果醬的人不太可能會很危險。你可以跟他聊一聊。

「好吃嗎？」托夫斯藍問。

「很好吃，謝謝你，」霍伯魔王說：「我已經有八十五年沒吃鬆餅了。」

頓時，每個人都覺得他很可憐，於是便靠得更近了。

他吃完後抹了抹鬍子，開口說：「我不能從你們手上拿走紅寶石，因為這是偷竊。可是，我能不能跟你們交換呢？例如，用兩座鑽石山和堆滿一整座山谷的各種稀有寶石？」

「不！」托夫斯藍和碧芙斯藍說。

「不管怎麼樣，你們就是不能給我嗎？」霍伯魔王說。

「不、不……」他們再度重申。

霍伯魔王嘆了一口氣，又坐下來沉思，他看起來非常傷心。最後，他說：「好吧，你們繼續開派對吧，我會對你們施點魔法來讓我自己開心些。每個人都有份，大家都可以許一個願望。就從姆米一家開始吧！」

姆米媽媽猶豫了一下。「必須是可以看得到的東西嗎？」她問：「可不可以是一個念頭呢，霍伯魔王先生？如果你懂我的意思的話。」

「噢，可以的！」霍伯魔王說：「東西當然會比較容易，但是念頭也可以。」

「那麼，我希望姆米托魯不要再思念司那夫金。」姆米媽媽說。

「噢，天哪！」姆米托魯臉紅了，「我不知道我有那麼明顯！」

但霍伯魔王揮了一下斗篷，哀愁立刻從姆米托魯心裡飛了出去。他的渴求變成了期待，感覺好多了。

「我想到了，」他大叫：「親愛的霍伯魔王先生，請讓這張桌子，包括桌子上的所有東西，都飛到司那夫金的面前——不管他現在在哪裡！」

桌子立刻飛到了空中，載著鬆餅、果醬、水果、花朵、調酒和糖果，往南邊飛去，就連麝香鼠隨手放在上面的書也被帶走了。

「嘿！」麝香鼠說：「請把我的書變回來給我。」

「好的！」霍伯魔王說：「先生，拿去！」

「《萬事有用論》，」麝香鼠念出了書名，「不是這一本，我的書是《萬事無用論》。」

可是霍伯魔王只是大笑著。

「該輪到我了吧！」姆米爸爸說：「真的很難選擇！我想了一大堆東西，但沒有一樣是完全適合的。溫室要自己動手蓋比較好玩，小船也是。而且，我幾乎什麼都有了。」

「或許你根本不需要願望，」史尼夫說：「可以將它給我嗎？」

「這個嘛……」姆米爸爸說：「我不確定……」

「親愛的，你得快一點，」姆米媽媽在一旁催促著，「幫你的回憶錄要個精美的書皮，怎麼樣？」

「噢！那是個很棒的想法！」姆米爸爸開心的大叫。當霍伯魔王送上兩張紅色的摩洛哥皮革和鑲有珍珠的金色封面時，全場高興的歡呼起來。

「該我了！」史尼夫尖聲說：「請給我一艘屬於我自己的船！要有貝殼的形狀、紫色的船帆、紫薇木桅杆，還要有祖母綠做的槳環！」

「這是很大的願望。」霍伯魔王親切的說完，便揮舞他的斗篷。

大家屏息以待，可是，船並沒有出現。

「變不出來嗎？」史尼夫失望的說。

「已經變出來了，」霍伯魔王說：「不過，我當然得把它放在海邊，你早上就會看到了。」

「有祖母綠做的槳環嗎？」史尼夫問。

「當然有，總共四個，外加一個備用的，」霍伯魔王說：「下一位請過來！」

「嗯，」亨姆廉說：「不瞞你說，我向司諾克借的植物蒐集鏟壞掉了。所以，我只想要一把新的。」

霍伯魔王變出新鏟子時，亨姆廉非常有禮貌的屈膝道謝[1]。

「你施這麼多法術不會累嗎？」司諾克小姐問。

「這些簡單的法術不會，」霍伯魔王回答：「我親愛的小姐，妳想要什麼？」

「真的很難開口，」司諾克小姐說：「我可不可以小聲告訴你？」

她湊過去低聲說完，霍伯魔王顯得有點驚訝，問道：「妳確定這是妳想要的嗎？」

「是的！我很確定！」司諾克小姐吸了一口氣說。

「嗯……那，好吧！」霍伯魔王說：「準備好囉！」

下一秒鐘，全場爆出一聲驚叫。司諾克小姐長得完全不一樣了。

「妳對自己做了什麼？」姆米托魯發狂的說。

「我希望擁有一對像木雕皇后一樣的眼睛，」司諾克小姐說：「你覺得她很漂亮，不是嗎？」

「是啊，可、可是……」姆米托魯不開心的說。

「你不認為我的新眼睛很漂亮嗎？」司諾克小姐說完便哭了起來。

「好了，好了。」霍伯魔王說：「如果它們不適合妳，妳哥哥可以幫妳許願，讓妳變回來，對不對？」

「是沒錯啦，可是我已經想好了另外一個願望，」司諾克抗議：「她許了愚蠢的願望，又不是我的錯！」

1 作者注：亨姆廉一族一向用屈膝代替行禮，因為穿著長裙鞠躬看起來很可笑。

「你想要什麼願望呢？」霍伯魔王說。

「我要一台能辨別事情的機器，」司諾克說：「可以告訴你事情是對還是錯、是好還是壞的機器。」

「那太困難了，」霍伯魔王搖搖頭說：「我做不到。」

「這樣的話，我想要一台打字機。」司諾克生氣的說：「我妹妹的新眼睛一樣可以看得很清楚。」

「話是沒錯啦，但她看起來不怎麼漂亮。」霍伯魔王說。

「我最親愛的哥哥，」司諾克小姐緊抓著鏡子，哭著說：「拜託你許願讓我原來的眼睛回來！我現在難看死了！」

「噢，好啦！」司諾克終於答應了，他說：「為了家族遺傳，妳是應該變回原來的樣子，但我希望妳以後不要那麼愛慕虛榮。」

司諾克小姐再度照了鏡子，高興得哭了起來。她可愛的小眼睛又回到原來的位置，不過，她的睫毛比以前更長了。她眉開眼笑的抱著哥哥，說：「小甜派！蜜糖罐！我會送你一台打字機作為聖誕禮物！」

「不要啦！」司諾克難為情的說：「有人在旁邊看的時候，不要親我。我只是無法忍受妳長得那麼難看！就是這樣。」

「啊，哈！現在，派對上只剩下托夫斯藍和碧芙斯藍還沒有許願了！」霍伯魔王說：「你們可以一起許願，因為我分不出來誰是誰。」

「你自己不**願個許**嗎？」碧芙斯藍問。

「我不能。」霍伯魔王傷心的回答：「我只能讓別人許願，還有讓自己變成各種樣子。」

托夫斯藍和碧芙斯藍盯著他看，接著，他們又交頭接耳了好一陣子。最後，碧芙斯藍嚴肅的說：「我們決定要為你**願個許**，因為你人很好。我們想要一顆一樣**紅麗的美寶石**。」

大家都看過霍伯魔王大笑，卻以為他不會微笑，但現在他卻開心到全身都看得出來，從帽子到靴子都洋溢著愉悅之情！他二話不說，把斗篷在草地上一揮。看哪！花園再度籠罩著粉紅色的光線，前方草地上有一顆和國王紅寶石一模一樣的東西：皇后紅寶石。

「你現在**痛會再不苦**了吧？」碧芙斯藍說。

「我想不會了。」霍伯魔王說完，輕柔的拿起那顆光芒萬丈的寶石，放進斗篷裡，「現在，每一隻小動物都可以許願！我會在天亮之前實現你們的願望，因為我得在太陽升起以前回家！」

於是，所有人排隊向霍伯魔王許願。

霍伯魔王面前圍了一排長長的隊伍，這些住在森林裡的生物吱吱喳喳、嘻嘻笑笑，還嗡嗡叫，等著實現自己的願望。許錯願望的人，可以有第二次機會，因為霍伯魔王心情非常愉悅。舞會再度開始，樹下推來一車又一車的鬆餅，亨姆廉點燃更多煙火，而姆米

爸爸則把他的回憶錄裝在新的書皮裡，大聲念著年輕時的故事。

姆米谷從來沒有過那麼盛大的慶祝會。

噢，當食物都吃光、飲料都喝完、閒話都已徹底聊完、舞也跳得盡興後，趁著天亮前安靜的睡個覺，沒有什麼比這感覺更美好！

霍伯魔王飛回世界的盡頭，老鼠媽媽爬回她的巢穴，每個人都快樂又滿足。

不過，也許最快樂的是姆米托魯，他和媽媽穿越花園準備回家，抬頭看到月亮在黎明中慢慢消失，樹木被來自海邊的晨風吹得颯颯作響。

秋天已經降臨姆米谷了，春天還會遠嗎？

故事館24
姆米一家與魔法帽
Trollkarlens hatt
小麥田

作　　者　朵貝・楊笙（Tove Jansson）
譯　　者　劉復苓
封面設計　達　姆
責任編輯　丁　寧
校　　對　呂佳真

國際版權　吳玲緯　蔡傳宜
行　　銷　何維民　吳宇軒　陳欣岑　林欣平
業　　務　李再星　陳紫晴　陳美燕　葉晉源
副總編輯　巫維珍
編輯總監　劉麗真
總 經 理　陳逸瑛
發 行 人　涂玉雲
出　　版　小麥田出版
10483台北市中山區民生東路二段141號5樓
電話：(02)2500-7696　傳真：(02)2500-1967
發　　行　英屬蓋曼群島商家庭傳媒股份有限公司
城邦分公司
10483台北市中山區民生東路二段141號11樓
網址：http://www.cite.com.tw
客服專線：(02)2500-7718｜2500-7719
24小時傳真專線：(02)2500-1990｜2500-1991
服務時間：週一至週五09:30-12:00｜13:30-17:00
劃撥帳號：19863813　戶名：書虫股份有限公司
讀者服務信箱：service@readingclub.com.tw
香港發行所　城邦（香港）出版集團有限公司
香港灣仔駱克道193號東超商業中心1/F
電話：852-2508 6231　傳真：852-2578 9337
馬新發行所　城邦（馬新）出版集團 Cite (M) Sdn Bhd.
41-3, Jalan Radin Anum, Bandar Baru Sri Petaling,
57000 Kuala Lumpur, Malaysia.
電話：+6(03) 9056 3833　傳真：+6(03) 9057 6622
讀者服務信箱：services@cite.my
麥田部落格　http://ryefield.pixnet.net
印　　刷　前進彩藝有限公司
初　　版　2016年7月
初版五刷　2021年12月
售　　價　280元
版權所有　翻印必究
ISBN 978-986-93214-1-9
Printed in Taiwan.
本書若有缺頁、破損、裝訂錯誤，請寄回更換。

TROLLKARLENS HATT (FINN FAMILY MOOMINTROLL)
by TOVE JANSSON
Copyright © Tove Jansson 1948
This edition arranged with Schildts & Soderstroms
through Big Apple Agency, Inc., Labuan, Malaysia.
Traditional Chinese edition copyright:
2016 Rye Field Publications,
a division of Cite Publishing Ltd.
ALL RIGHTS RESERVED
© Moomin Characters TM

國家圖書館出版品預行編目資料

姆米一家與魔法帽／朵貝・楊笙（Tove Jansson）著；劉復苓譯. -- 初版. -- 臺北市：小麥田出版：家庭傳媒城邦分公司發行, 2016.07
面；　公分
譯自：Trollkarlens hatt
ISBN 978-986-93214-1-9（平裝）

881.159　　105008416

城邦讀書花園 www.cite.com.tw
書店網址：www.cite.com.tw